賈克─路易・大衛（Jacques-Louis David）
《馬拉之死》（*The Death of Marat*），1793 年

古斯塔夫・克林姆（Gustav Klimt）
《朱迪絲》（*Judith*），1901 年

德拉克洛瓦（Delacroix）
《薩達那帕勒斯之死》（*The Death of Sardanapalus*），1827 年

| 金英夏作品集 2 | 長篇小說

我有破壞自己的權利

나는 나를 파괴할
권리가 있다

金英夏 著
김영하
薛舟、徐麗紅 譯

我有破壞自己的權利
나는 나를 파괴할 권리가 있다

作　　者　金英夏
譯　　者　薛舟、徐麗紅
美術設計　黃暐鵬
內頁排版　高巧怡
行銷企劃　蕭浩仰、江紫涓
行銷統籌　駱漢琦
業務發行　邱紹溢
營運顧問　郭其彬
責任編輯　吳佳珍
總 編 輯　李亞南
出　　版　漫遊者文化事業股份有限公司
地　　址　台北市大同區重慶北路二段88號2樓之6
電　　話　(02) 2715-2022
傳　　真　(02) 2715-2021
服務信箱　service@azothbooks.com
網路書店　www.azothbooks.com
臉　　書　www.facebook.com/azothbooks.read
營運統籌　大雁出版基地
地　　址　新北市新店區北新路三段207之3號5樓
電　　話　(02) 8913-1005
傳　　真　(02) 8913-1056
劃撥帳號　50022001
戶　　名　漫遊者文化事業股份有限公司
二版一刷　2024年05月
定　　價　台幣390元
I S B N　978-986-489-938-8

This book is published with the support of the Literature Translation Institute of Korea (LTI Korea).

國家圖書館出版品預行編目 (CIP) 資料

我有破壞自己的權利 / 金英夏 著 ; 薛舟、徐麗紅譯 . -- 二版 . -- 臺北市 : 漫遊者文化事業股份有限公司出版 : 大雁出版基地發行, 2024.05
248 面 ; 14.8X21 公分
譯自 : 나는 나를 파괴할 권리가 있다
ISBN 978-986-489-938-8(平裝)

862.57　　113004644

《我有破壞自己的權利》媒體好評

金英夏的小說是藝術至上的。他的行文風格容易讓人想起卡夫卡，他也依賴於各種意象；他對生命卑微的思考又讓我們想起卡繆和沙特。——《洛杉磯時報》

這是一部帶著自我意識，探究真相、死亡、慾望與身分的文學作品，儘管碰觸了不少生猛挑逗的主題，卻沒有落入下流的偷窺主義。——《出版者週刊》

帶有史蒂芬．克萊恩一八九〇年代經典作品《阻街女郎瑪琪》那樣的荒涼、冷漠和簡潔風格，然而人物卻更為精省。令人著迷。——《書單》

犯罪唯美主義者。帶著愉快的憤世嫉俗，這部長篇小說處女作說的是首爾的愛情與死亡。——法國《世界報》

這是金英夏的第一本長篇作品，一九九六年在韓國出版。評論家和讀者都同意這是本令人愉快的暢銷書，時年二十八歲的作家顯然成了韓國新文學世代的代表。故事充滿操弄與轉折，作家和書中主角一般充滿慈悲，成功地交出一本關於愛與死亡的傑作，反映九〇年代的首爾風潮。——法國《閱讀》雜誌

金英夏以這部作品成了韓國的風雲作家。——德國《明鏡週刊》

很酷、具有都會感、非常聰明的作品。——德國《南德意志報》

快節奏、漫畫感的、聰明的故事，深受美國影響。——德國《每日鏡報》

句子短小，絕無冗餘，剪除了不必要的感情，三個簡短的故事讓讀者能夠一口氣讀完，極富速度感。這些幽靈般的人物圍繞死亡展開黑暗的冒險……不過，這裡的問題並不是殺死什麼人，而是讓什麼人自殺。結構緊湊的顛覆和虛構讓敘事變得興味盎然。——崔允（小說家，西江大學法語系教授）

《我有破壞自己的權利》發現了曾被韓國文學這個陳舊規範遮蔽的存在，並且將這些大量鮮活的存在集中做了文本化處理。這正是它的成就，也是該小說的得意之處。因

此，我們也可以這樣說，只有和本書攜手，韓國文學才能夠深刻而冷靜的凝視當代的憂鬱。——柳浦善（文學評論家）

這部小說猶如銳利的刀鋒般挖開了時代的核心。藉由類似蒙太奇的絕妙結構列舉了分明存在於我們身邊，卻又被我們忽視的死亡問題，以及被人們當作偶然的交通事故、沒有認真思考的古典主題，漫畫般的隨性技巧更增添了它的衝擊力。——李祭夏（小說家）

這部小說是作家驚人想像力的眾多片段，有著不凡的創意、詭異的意象，以及如同電玩遊戲般建構、再彼此串聯的故事，讀者為之困惑也同時得到驚奇。——《韓國先鋒文壇報》

《我有破壞自己的權利》為韓國小說文學引入了罕見的「幻想」形式，不僅有趣，而且意義非凡。——都正一（文學評論家，慶熙大學英語系教授）

目錄

I.
馬拉之死

我在看賈克—路易．大衛創作於一七九三年的油畫《馬拉之死》。這幅畫描繪了雅各賓派革命家尚—保羅．馬拉被刺殺在浴缸裡的情景。馬拉戴著穆斯林頭巾，伸出浴缸的手裡緊握著鵝毛筆。在白色和灰色之間，馬拉流血而死。作品整體的氣氛安靜而孤寂。彷彿安魂曲在輕輕響起。刺殺馬拉的匕首被安置在畫面下方。

這幅畫我已經臨摹過很多次了。最難臨摹的部分當屬馬拉的表情。問題在於，我畫出來的馬拉顯得太舒服了。大衛的馬拉既沒有年輕革命家遭遇突襲的抑鬱，也看不出擺脫世間煩惱的清爽。大衛的馬拉安詳卻又痛苦，憎恨卻又不乏寬容。透過死者的表情，大衛實現了人類內心深處所有對立的情感。第一次看到這幅油畫的人，視線首先會停留於馬拉的臉部。他的表情什麼也沒有透露。於是，觀看者的視線大致會朝著兩個方向移動，或是一隻手上的書信，或是伸出浴缸的另一條胳膊。馬拉死了，直到最後他也沒有放棄書信和鵝毛筆。恐怖分子以假信為藉口接近馬拉，而馬拉臨終之前還在回信。馬拉至死緊握在手中的鵝毛筆，為寂靜而安詳的畫面賦予了緊張感。大衛非常了不起，並非用激情創造了激情，而是以冷靜而不帶感情的方式。這是藝術家的最高美德。

殺害馬拉的女人夏綠蒂·科黛被送上了斷頭臺。身為吉倫特派青年黨員的夏綠蒂決心除掉雅各賓派的馬拉，於是以假信為誘餌接近馬拉，趁馬拉還在沐浴的時候將匕首插進了他的胸膛。這是一七九三年七月十三日的事。夏綠蒂·科黛年方二十五歲。凶手很快就被逮捕了，並於四天之後的七月十七日處以絞刑。

雅各賓派巨頭馬拉死後，羅伯斯比的恐怖政治開始了。大衛深諳雅各賓派的美學：沒有恐怖做燃料，革命難以為繼。隨著時間的流逝，這個關係就顛倒過來了。革命的目標開始變成了恐怖。製造恐怖的人必須讓自己置身事外。他應該知道這樣的事實，自己傳播的恐怖能量最後會反過來吞噬傳播者。結果，羅伯斯比也被送上了斷頭臺。

……●……

我合上畫冊，起身去洗澡。工作的日子，我必須清潔身體。洗完澡，清清爽爽地剃了鬍子，然後我去了圖書館。我在圖書館裡要做很多事，比如尋找委託人、搜索資料。這個工作漫長而且煩瑣，但是我必須忍耐。有時候需要一個月，有時候甚至長達半年。只要找到了委託人，我就能湊合著過個半年左右，因此我並不在意要花多長時間搜索。

我在圖書館裡主要閱讀歷史書和旅遊指南。完成工作，拿到了錢，我就出去旅遊。旅遊指南簡潔明快地壓縮了複雜的事實。每個城市都有數十萬個生命和數百年的歷史，城市裡充滿了人生與歷史交織而成的痕跡。這些複雜的痕跡都被旅遊指南壓縮為幾行簡單的文字。比如，它這樣介紹巴黎，「巴黎不是世俗之地，而是宗教、政治、藝術的自由聖地，它不時吶喊著這種自由，並暗地裡渴望更多自由。巴黎以寬容的精神為羅伯斯比、居里、王爾德、沙特、畢卡索、胡志明、喬伊斯、何梅尼等思想家、藝術家、革命家，以及大量非凡的人物提供了流亡之所。巴黎雖然是十九世紀優秀城市計畫的卓越產物，但是正如巴黎的音樂、藝術和劇場，其建築也融合了中世紀風格和前衛元素，甚至表現出超前衛的各種形式。如果代表了歷史和新潮、文化和文明之自我認知的巴黎不存在於這個世界，那麼我們所有人都要為創造這些而努力。」

關於巴黎無須多說了。這是我喜歡閱讀旅遊指南的理由。歷史書籍也是一樣。不知道壓縮的人是可恥的。無可奈何地延長自己卑微的人生，這樣的人同樣可恥。不懂壓縮美學的人至死也不會知道生活的祕密。

我要去巴黎。我可以閱讀亨利・米勒和奧斯卡・王爾德的作品，也可以去羅浮宮臨摹安格爾的名畫，靜靜地打發歲月。如果有人喜歡在旅途中閱讀旅遊指南，那麼這個人肯定很無聊。我喜歡在旅途中讀小說。但是在這座城市，我就不讀小說了。小說適用於人生的盈餘時光。

在圖書館，我首先翻閱雜誌。所有文章裡面我覺得讀起來最有意思的是訪談。如果運氣好，我還能給自己找到委託人。那些記者沾染了通俗而低劣的感受力，在字裡行間隱藏了我潛在委託人的稟性。「難道你從來沒有過殺人的衝動？」他們絕對不會拋出諸如此類的問題，當然也不會去問「你看見鮮血會有什麼感覺？」他們更不會拿出大衛或德拉克洛瓦的油畫，追問受訪人的感想。因此，這些訪談裡充滿了對人生毫無意義的言論。這當然欺騙不了我。我總是能夠從他們毫無意義的談話中發現某種可能的線索。我必須從他們愛聽的音樂、閃爍其辭的家族史、深受感動的書籍、喜歡的畫家之中找出線索。人們常常情不自禁地流露出傾訴內心的衝動。他們在等待我這樣的人。

比如說吧，曾經有位委託人告訴我她喜歡梵谷。我問她更喜歡梵谷的風景畫還是自畫像。這位委託人略作遲疑，回答說更喜歡自畫像。我仔細觀察過熱愛梵谷自畫像的人。他們都是孤獨的人，敢於窺視自己的內心，而且知道這樣的經驗帶來多少的痛苦，就會伴隨著多少隱祕的快感。如果有人問我同樣的問題，那麼他也是孤獨的人。當然，並非所有孤獨的人都會成為我的委託人。

精讀雜誌之後，我會翻看報紙。從訃告到招聘廣告（尤其是尋找特定對象的廣告），我都要認真搜索。經濟版也要留意。我還特別關注那些曾經繁榮昌盛的公司突然陷入資產危機的消息。股價的漲跌也不能錯過，因為股票總是最先對變化做出反應。至於文化版，我主要關注近期美術界的展覽動向和流行音樂。最新出版的圖書也在我的關注之列。這些東西有利於我掌握潛在委託人的傾向。他們喜歡什麼樣的音樂和繪畫，他們最近閱讀什麼樣的書籍，這些預備知識能夠幫助我讓談話圓滿完美。

走出圖書館，我會順便拐進仁寺洞看畫，或者去大型唱片行挑幾張CD。運氣好的話，我會在看畫的人群裡遇到我的委託人。我打量著那些在禮拜六下午悠然自得、漫不經心地觀賞畫作的人，他們熱衷於看畫，從來不會低頭看錶。他們無處可去。他們沒有人要見，更沒有什麼人必須要見。他們長久駐足觀望的油畫，隱約暴露了他們自身的欲望。

夜幕降臨，我走向位於市中心破舊大廈七樓的辦公室。辦公室裡只有電話、書桌和電腦。我不在這裡見任何人。我透過銀行轉帳乖乖繳納房租，根本用不著跟房東見面。我一到辦公室，就連接電話和ARS系統，坐在椅子上等電話。凌晨一點之前，我通常要接二十來通電話。他們都是看見了我登在報紙上的廣告。「傾聽您的煩惱」。看到這個簡單的句子，他們便等夜晚來臨之後打電話給我。從被父親強姦的少女，到即將服兵役的同性戀者；從背著丈夫偷情的女人，到慘遭丈夫毆打的女人，他們懷著各式各樣的煩惱跟我聊到凌晨一點。白天我在圖書館、書店，或者仁寺洞的畫廊裡聽不到這樣的故事，到了晚上就可以聽到了，所以這個時間我特別容易尋覓委託人。

只消幾句話，我就可以掌握對方的學歷、興趣和經濟實力，然後以這些資料為基礎，從中甄別出我的潛在委託人。可以從這些人中選擇委託人，這點非常重要。

不過這裡有個問題。既然想要找人說話，那就說明這個人還沒有徹底絕望，至少沒有絕望到成為我的委託人的程度。我會去瞭解他們的具體情況，然後積極提出自己的建議。那個每天夜裡都被父親強姦和毆打的少女，她的故事聽再多遍也沒有意義。她已經十七歲了，我能告訴她的只是儘快逃出這個家。但是呢，普通的諮商師會勸她忍耐和堅持，然後尋求社會團體的幫助或者揭發父親的暴行。他們在回避事情的本質。她為什麼沒有這麼做，原因不可能是不知道這個辦法吧。

如果委託人回應了我的挑釁，談話就會持續下去。他們會覺得痛快，有種宣洩的快感。既然是這樣的父親，殺死他怎麼樣？如果我斷定時機成熟，就會不動聲色地拋出這樣的建議。如果對方有所警覺，我就說這是開玩笑的。反之，如果對方不掛電話，那就說明他對我說的方式產生了興趣。我不會幹買凶殺人之類的傻事。這樣的刺激不過是我的石蕊試紙，用以判別對方是不是我要找的人。我不關心某人殺害某人之類的事情。我只想掏出人們囚禁於潛意識深處的欲望，讓獲得釋放的欲望開始自我繁殖。當他們的想像力得以飛躍，最後自動就會發現自己具有成為我的委託人的素質。

如果我斷定某個人完全可以成為我的委託人，那麼我們就要見面了。當然不能在辦公室。有時候我們一起喝酒，有時候一起看展覽或電影。只有極少數的情況下我們才去旅遊，那當然是非常重要的委託人。所謂重要委託人不僅是能夠支付高額費用的人，更重要的是能夠給我的創作帶來刺激。這樣的人很難遇到，一旦遇到了就會讓我欣喜無比。但是，我絕對不會在委託人面前流露出這樣的情緒。關於我，他們一無所知。無論是我的姓名、故鄉，還是我的畢業學校和興趣，他們全都不知道。我藉由滔滔不絕的談話隱藏了我的個人情況。我屬於他們想像之外的人物類型，所以他們無論如何也難以理解，只好搖頭。這是理所當然的。關於神，任何人都不可能知道太多。

在永別之前，我要和委託人談論很多話題。他們的家族史和成長經歷，他們的戀愛故事，他們的成功和失敗，他們讀過的書和喜歡過的畫家和音樂，諸如此類的。大部分人都會毫不抗拒地如實吐露。到了這種時候，無論是誰都會變得很坦率。當我聽完了他們的故事，偶爾也會有人毀約。我當然會把錢退給他們，除了訂金之外。但是，轉身離開的委託人當中，有很多人還會回來找我。這時候他們就會毫無異議地履行合約。

每當我和委託人之間的工作順利完成，我就出去旅遊。旅遊歸來，我會以我和這位委託人的故事為素材進行創作。於是，我徹底具備了神的完整形象。在現今這個時代，對於渴望成為神的人來說，他只有兩條路。要麼創作，要麼殺人。

工作結束之後，並不是所有的故事我都會用來創作。只有具備資格的委託人才有可能經過我的手獲得新生。這個過程很痛苦。我也借此舉憐憫、垂愛我的委託人。

莎士比亞曾經說過：「死亡光顧我們之前，我們先衝進祕密的死亡之家，難道這也是罪過嗎？」比起這位偉大的劇作家，後來的詩人希薇亞．普拉斯則更進了一步：「血的噴湧是詩。沒有什麼能阻止。」寫下這行詩句的女詩人，打開瓦斯爐的閥門，自殺了。

我的委託人只是沒有希薇亞．普拉斯的文采，卻把生命的最後妝點得像她那樣美麗。有關他們的故事我已經寫了十來篇。現在我決定把這些文章公布於世。我不需要稿費和版稅。我的錢已經足夠糊口了。而且這樣做是對我的委託人不敬。我把稿子裝進信封，準備無條件寄給出版社。然後我會躲藏起來，密切關注我的委託人透過自己的故事獲得新生的情景。

我打開電腦，開始調閱設置了密碼的檔案。最先出來的檔案就是我某個委託人的故事。那是兩年前的冬天。

II.

朱迪絲

魅惑的痛苦常常

讓我夢見鳥的輕盈肉體

我的嫉妒輕於空氣

因為我愛，所以我渴望消失

——柳河，《凝望鶯巢》

「這場雪真大。」

「……」

「K還好吧？」

已經五個小時了，朱迪絲和C乘坐的汽車還停在寒溪嶺[1]入口的國道上。除了偶爾啟動雨刷，清除落在車窗上面的積雪，他們什麼事也不做。收音機播報說這是二十年不遇的暴雪。中國方面形成的低壓槽與西伯利亞的氣團交會，導致了這場大雪。公路上一排排的汽車寸步難行。積雪已經掩蓋了保險桿，防滑車鏈也沒有用了。

附近看不到人家。不知不覺間，薄暮已經降臨。白天的天色就很暗淡，下午五點剛過，四周更加漆黑了。C還想啟動雨刷，這時朱迪絲打破沉默，說道：

「算了吧。看不見外面更好。」

1 位於江原道麟蹄郡北面、麒麟面和襄陽郡西面，與彌矢嶺、陳富嶺同為代表雪岳山的三大山嶺，過去曾叫「小鳥嶺」，與「大鳥嶺」彌矢嶺同為嶺東和嶺西地區的分水嶺。

她吹著口哨，打磨著指甲。雨刷剛剛停止，雪便迅即遮沒了擋風玻璃。只有前燈隱約透出光芒，車內近乎漆黑了。坐在副駕駛座上的朱迪絲看不太真切，只能感覺到大致的輪廓，C的心裡卻感到很溫暖。車裡空氣乾燥，C的眼睛有些疲倦了。

「這裡就像北極。」

朱迪絲的臉貼著車窗，說道。

「北極？」

「你知道許永浩[2]嗎？昨天電視上說許永浩征服了北極。」

「那又怎麼樣？」

「許永浩拉著雪橇衝向北極點。北極是巨大的冰塊，永遠在大海上不停輕輕移動，許永浩也只能在極點附近原地打轉。最後，他終於到達北極點，插上旗子，拍了張照片，然後匆匆忙忙離開了。就在這個瞬間，北極點已經移動到不知什麼地方了。」

2 許永浩，一九五四年生於韓國堤川，是著名的登山家、探險家。

「這不是北極點在移動，而是他們腳下的冰塊在海上漂移。」

「是啊。不管是我們漂移也好，還是北極點移動也好，結果都差不多，不是嗎？你有沒有這樣的時候？走著走著突然停住腳步，環顧四周，心想這是哪裡啊。」

……●……

第一次見到她的記憶依然清晰如昨。那是母親葬禮的最後一天。出殯之後，C從外面回來，發現K和她正在客廳裡做愛。玄關門開了，寒風襲向他們赤裸裸的身體。直到這時，K和女人依然糾纏在一起。懸垂著黑色絲帶的母親遺像在俯視著他們。K最先發現他，神情厭惡地抬起身子，拿過旁邊衣架上的衣服，穿了起來。女人仍然緊閉雙眼，放肆地躺在那裡。「進房間去吧。」K對女人說道。女人這才睜開眼睛，注視著他，慾火尚未消退的眼睛裡泛著藍光。他對這女人的第一印象是她就像古斯塔夫．克林姆的名畫，《朱迪絲》。朱迪絲是古代以色列的女英雄，她以美色誘惑亞述將軍赫洛夫尼斯，然後趁其熟睡之際砍下了他的腦袋。克林姆藉朱迪絲閹割了民族主義和英雄主義，留下了世紀末的官能感受。

……●●●●●……

那個像朱迪絲的女人拿起胸罩，進了房間。「幹什麼？還不進來。」K似乎在責怪依舊站在玄關的他。他彷彿是在拜訪陌生的人家，很不自然地邁步走向安樂椅，壓低聲音指責K：

「這裡是我家。」

「是啊，我知道。這裡是大哥家。葬禮辦妥了嗎？肯定會辦妥的。葬禮、婚禮什麼的，隨便怎麼弄都沒問題，對吧？」

「你怎麼不去？」

「如果我說不太想去，你信嗎？」

「我信。剛才那女人是誰？」

「只是個女人，一個不錯的女人。她要在這裡待幾天。」

K是接到母親過世的訃告才回家的。他高中輟學之後離家出走，至今已經五年了，模樣也出乎意料變了很多。出殯那天，K說要來他的公寓而不去葬禮。他和別人也都沒加以勸阻。當母親的棺材蓋上泥土的時候，K和朱迪絲正在他的公寓裡鬼混。他想著自己操辦葬禮的辛勞和K享受的快活，感覺身體越來越沉重。他走進臥室，衣服也不脫就睡了。

……………

雪沒有停。油表的刻度已經指到了一半。為了節省燃料，汽車熄火了，車裡的空氣立刻變得冰冷。白天的氣溫已經到了零下十二度，現在更低了。他只好重新發動引擎。

「很煩吧？」

「……」

他跟朱迪絲搭訕，但是她沒有回答，反而響起了衣服摩擦的窸窣聲。喀嚓。看樣子她要把坐椅放倒。

「要睡覺嗎？」

「噓。」

擋風玻璃上的積雪越來越厚了。這是與世界徹底隔絕的感覺，惶恐而又安樂。衣服摩擦的聲音越發急切了。朱迪絲的喘息也更響亮了。這是她用來打發無聊的慣用伎倆。

「放音樂嗎？」

「嗯。」

急促的呼吸之間傳來表示贊同的聲音。他隨便找了卷錄音帶，推了進去。比比金的藍調專輯。緩慢而富於彈性的打擊樂立刻充滿了密閉的空間。她就像鬼神附體的巫婆，嘴裡飛快地嘟噥著什麼。「好啊，好啊，啊，嗯，我喜歡，再來，我還要。」汽車在輕輕搖晃。擋風玻璃上的積雪也在輕輕搖晃。這時，她的左手用力拉過他放在方向盤上的右手，按在自己的胸前。他的手撥開她的上衣，無意識地摩挲著她的乳房。淡淡的水氣縈繞著她的乳房。「我要殺死你。我要殺死你。」她說話的聲調越來越高。「啊！」伴隨著短促而尖利的哀號，剛才她那波濤洶湧的肉身漸漸消停了。最後，他又使勁揉了揉她的乳房，然後就鬆開了手。

「呼——那麼老遠回來，也還是沒有改變。雪怎麼還不停。」

她收拾著衣衫，歎息著說道。

「從哪裡回來啊？」

「很遠的地方，非常遙遠。」

他打開了收音機。氣象快報還在繼續。

「截至下午七點，侵襲嶺西地區[3]的暴雪積雪量已經創下七十二釐米的歷史紀錄，

3　江原道太白山脈以西地區。

鐵原、麟蹄、元通地區的鐵路和公車運行全部中斷。江原道已經下令全體公務員緊急加班，全力除雪，但是暴雪還在繼續，除雪作業進展非常緩慢。」

……●●●●……

「先生，您要去水原什麼地方？」

「芭長洞。」

「您呢？」

「北門。」

「我說，先生，您得告訴我您要去哪裡！」

「我在南門下車。」

計程車裡充滿了酒味。外面的氣溫在零下十度左右，為了抵禦寒冷，車裡的暖氣開得很足。乾燥而渾濁的熱氣混合著乘客呼出的氣息，使得計程車裡的濕度正合適。呵，他使勁吸了口氣，然後拉過安全帶，固定好腰部和肩膀。恰到好處的緊繃感，讓K感覺自己和一九九四年的Stellar TX連接得更密切了。他在空檔狀態下輕踩油門，讓引擎空轉，頓時感覺到溫柔的顫抖傳遍了全身，達到每分鐘四千轉，然後再降下來。K看了看左邊的後視鏡，徹底壓下手煞車，打到一檔，發動了汽車。因為啟動過於倉促，那些身體往後靠、處於假寐中的乘客突然醒轉，莫名其妙地打量著周圍。

凌晨一點，舍堂站附近仍然遊蕩著沒能出發前往京畿道的人。他從一檔換到三檔，踩下了油門。引擎的轉速突然降低，他感覺到輕微的不規則震動，卻沒有介意。他的車子已經習慣了這樣的突然加速，發出微微的噪音，駛向果川市方向。在市區，他的計程車時速已經達到了一百三十公里。趕到果川賽馬場附近，交叉路口的號誌燈剛剛變紅，跑在他前面的轎車亮起煞車燈，減緩了速度。他迅速觀察右側的後視鏡，然後改變車道，通過了亮起紅燈的交叉路口。坐在副駕駛座上的乘客不安地看了看後邊。他還是沒有介意。

K對這輛 Stellar TX 計程車非常滿意。當然，也有很多人喜歡 Sonata 或 Princes，不過像 Stellar TX 這樣的汽車並不多見。結構雖然簡單，但是很少故障，操作非常簡便，而且加速極快。到了果川至義王高速公路收費站，他遞給收費員一張千元紙幣，找回了一百。每次到了這個地點，他渾身的肌肉都會微微變得緊張。這個區間通行的車輛不多，又是雙向四線道，對於夜間超速的計程車來說最好不過了。他關閉了左邊的車窗，然後用力踩下油門。引擎的轉速達到了每分鐘五千轉。他悄悄地觀察著後座上的乘客。大部分人都向後仰著頭在睡覺，只有副駕駛座上的乘客睜著眼睛。也許他酒喝得不多，或者是第一次乘坐這樣的計程車。

計程車緊急加速的時候，他的身體彷彿被什麼拽向後面。一股強大的力量拉住了他。這是慣性，持續運動的傾向。他的身體試圖保持靜止，然而 Stellar 汽車卻讓他以飛快的速度向前移動。他感到輕微的眩暈，但是沒有不舒服。這個世界總是以這種方式讓他移動。此時此刻，這輛 Stellar 就是他世界的全部。他會很快適應這個速度。他的肉體會儘快調節自己的速度去適應計程車的速度，慣性法則也要服從計程車的速度。

果川到義王的高速公路大部分都懸在空中。橋墩和鋼樑支撐著路面。看不見下面的世界，因為隔音牆阻擋了視線。瓦數很低的路燈排列得稀稀落落，道路顯得很暗淡。每輛汽車的前燈也只能照亮他們前面十幾公尺遠的地方，而這段距離不到一秒鐘便消失在身後了。車輛都以自己所能達到的最快速度飛奔在黑暗的道路上。正如他們看不見下面的世界，地上的人同樣看不見他們。他們就像用眼罩遮住眼睛的賽馬，只要埋頭狂奔就夠了。

⁂

「單九[4]。」

4 此處是指韓國傳統花牌遊戲，即花鬥，又名花劄，由十六世紀葡萄牙商人傳入日本的西洋牌發展而成，十九世紀傳到朝鮮王朝。現今看到的牌面圖案為十八世紀日本江戶時代的浮世繪風格圖案。花牌共四十八張，每四張合為一個月份，共十二個月份。

「八。」

「我是兩對。老金呢？」

「還是三九。」

「真他媽的。點數都沒了。」

從舍堂站前的二十四小時便利商店勉強擠進狹窄的巷弄，就會看見一家破舊的酒館。在室內一角，K小心翼翼地抓起花鬥牌。櫻花和黑胡[5]。七點。突然間，他看了看剩下幾個牌客的表情。只有一個人在出牌，另外幾個已經高高地摞起了千元鈔票。

「我完蛋了。」

K出牌了。他的牌太差，沒法跟別人的牌。眾人的目光迅速轉動。成寶運輸公司的老李眼角的肌肉在抽動。看樣子他肯定是抓到好牌了。最後他甩出了一萬。京畿運輸公司的老金跟了。剩下的通吃。老李翻開了牌。九點。他贏了。京畿運輸公司的老金只有

5 櫻花和黑色胡枝子均為花鬥中的牌名。

五點。也許老金以為老李在虛張聲勢。老金踢開座位站起身來。「他媽的，今天真是倒楣透頂了！我馬上就回來，你們在這兒等著我。」

真要等到他回來，人也早沒了。老金當然知道，他只是在講場面話而已。輪到自己的時候，他們肯定會毫不留戀地起身去開計程車。這期間，K輕輕地抓起轉到自己手上的牌。他喜歡這種短暫的微微緊張感。一張是黑胡。他趁別人不注意的時候，悄悄地調勻呼吸，用大拇指掀開剩下的一張。還是黑胡。四對。他努力不引起別人注意。稍不留心，別人就會看穿他的心事。

只要牌轉一圈，命運也就基本上決定了。剩下的事情就是相互欺騙。即使抓到好牌，也不能喜形於色。即使抓到壞牌，也不能表現得沮喪。如果每次抓到好牌的時候總是假裝沮喪，那麼下次就不會有人上當受騙了。必須做到面無表情。這才是關鍵。

也許這就是人生吧，K心想。牌好牌差從開始就已經註定了。也許我的人生之牌就像三點牌，無足輕重。三點根本不可能打敗一對光。除非運氣好得要命，得到適度好牌的人被對方的虛張聲勢嚇倒，或者其他人都是一點兩點的差牌。即便這樣，贏到的錢也是微不足道的，所以我只希望這局牌快點結束，這才是唯一的希望。不過三點也無所謂。在決出勝負之前，我還是會保持愉快的心情。

K放下兩張黑胡的四對，等待別人下注。賭注已經上升到了一萬。他從口袋裡掏出剛才去水原賺來的兩萬元。別的牌客紛紛斜睨著K。

「真他媽的，今天掙來的錢都搭在這兒了。媽的，再來一局就完了。」

K好像做出了生死決斷似的狠狠說道。別的牌客都在猶豫。頂牌[6]的優點就在於這個瞬間。賭注下到最高，而玩家猶豫不決的時候，日常生活中的倦怠和疲憊統統流露出來了。腦子裡滿滿都是那兩張黑胡牌。這時候鳥也不叫了，水也不流動了。他曾經見過的現實中的胡枝子也消失不見了。K甚至感覺不到他在勃起。

另外兩個人愁眉不展地跟著K拋出了紙牌。他也甩出了手裡剩餘的牌。

6 花鬥牌的一種玩法，雙方下注後各持兩張牌比點數，點數大的為贏家。

「該死。四對。」

牌客們的視線迅速投向K的臉。那些除了剛剛賺來的錢還要賠償兩萬元上供錢的人，更焦急地等著後面的牌。他們不玩GOSTOP[7]。因為這種玩法常常出現意想不到的逆轉，而且也需要快速心算，對他們來說沒什麼吸引力。最重要的是速度太慢了。

‧‧‧‧‧‧‧‧‧‧‧‧‧‧

Stellar TX經過果川隧道，繼續行駛在漆黑的道路上。車輪彷彿漂浮在道路表面。每當頂風前進的時候，車身都有些搖晃。「飛起來了」，看到這樣的計程車，人們喜歡這樣打比方。但是，這似乎又不僅僅是比喻。飛馳在很難看見其他車輛的深夜高速公路，K忘記了自己要去哪裡。車速越快，視野越狹窄。道路兩側的樹木和路燈也隨著車速的加快而變得模糊了。它們就像黏稠的液體，相互凝結著向後消失了。這是哪兒啊？K不

7　花鬥牌戲的一種。

由得慌張起來。

時速表顯示著一百八十公里。馬達聲、風聲震耳欲聾，淹沒了此外所有的聲音。正如狹窄的視野掠走了現實感，坐在副駕駛座上的乘客在低聲嘟噥著什麼，K也沒有介意。突然，一輛艱難爬上斜坡的卡車進入了他的視野。他變更車道，超越了卡車。就在超車的瞬間，他全部的神經都變得敏銳如刀刃。他再度勃起，腦子裡突然間變得空空如也，全身的肌肉也都和這部 Stellar TX 息息相通。這是本能。

他在水原南門放下全部乘客，然後走向公用電話亭。沒有人接電話。世妍去哪兒了？他想抽支菸，卻怎麼也點不著打火機。看來瓦斯都用完了。他試了幾次，還是不行，他乾脆揉碎菸捲，扔掉了打火機。然後，他再次插進電話卡，緩緩地撥著號碼。等沒幾秒，他就焦急難耐，於是再去按別的電話號碼。大哥也沒接電話。他推門走出電話亭，跟別的司機借了火，總算抽上了菸。她是不是去大哥那兒了？

K回到車裡，朝著舍堂站的方向駛去。交通廣播正在談論嶺西地區降落的暴雪。談到交通徹底癱瘓的時候，播音員的聲音好像有點興奮的感覺。這樣想著的時候，已經有雪花飄來了。漢城[8]也有暴雪嗎？如果真的下雪，那就應該趕在路上堆滿積雪之前回去了。K把車切換了車道，開始加速。

……

接到朱迪絲電話的時候，C正在吃外賣送來的午餐披薩。

「好久不見了。」

「是嗎？」

C漫不經心地回答著朱迪絲，似乎根本沒有想起過她。

「我想去個地方，能帶我去嗎？」

「哪裡？」

8　即現今習稱的首爾，二〇〇五年改名，本書寫於一九九六年，故照當時名稱。

「注文津[9]。」

「怎麼想起去那兒，這麼突然？」

「那是我的故鄉。今天是我的生日。」

「那妳過來吧。」

「知道了。我馬上過去。」

於是，旅行就這麼確定了。他們過了楊平後，開始有雪花飄落了，到達洪川之後，落下的鵝毛大雪勢不可擋。儘管安裝了防滑鏈，然而汽車還是無法動彈，看樣子是很難趕到注文津了。

「妳是什麼時候離開注文津的？」

「注文津？」

「妳不是說那是妳的故鄉嗎？」

9 隸屬於江原道江陵市的小城。

「啊，沒有，我只是隨便說說。我就是忽然想找個地方走走。」

朱迪絲心不在焉地回答，繼續吹起了口哨。C感覺哭笑不得，鬆開握著方向盤的手，靠在椅背上。旅行的目的地就這麼蒸發了。

「那妳說今天是妳生日的事呢？」

「也是隨便說說的。」

「啊，原來如此！太有趣了。事實讓人不爽，謊言叫人興奮，不是嗎？」

「不過，即使我沒說謊，你也會跟我來的。」

也許她說得對。有的時候就是這樣，真希望突然來個什麼理由。比如喝酒的時候，可能希望和自己一起喝酒的朋友暈倒在自己面前。如果他因為心臟麻痺而死，那麼人們就會趕來為他舉辦葬禮、喝酒，追到他的墳地，用鐵鍬鏟土，然後坐靈車回來，這樣的事想想就覺得很有意思。但是，無論你怎麼動身離開，世界還是在原地踏步。現在，這裡就是這樣。雪下得真令人厭煩，簡直就像連續幾個小時盯住相同的畫面。好像有人在測試畫面似的。C討厭這樣的黑暗。他啟動雨刷，費力地清理著擋風玻璃上堆積的雪花。

C打開了車內燈。車裡稍微變得明亮了。她躺在後傾的座椅上，裙子捲起一半，上衣的前襟也開了。C轉頭看她的時候，她的聲音像自動答錄機似的：

「怎麼？想不想做一次？」

「有點累。」

「想做就說一聲。」

她又閉上眼睛。他按熄了車內燈，感覺嗓子有點兒發乾。C從前置物箱裡取出棒棒糖。他把糖含在嘴裡，口中立刻充滿了唾液，乾渴感也隨之消失了。加倍佳。這是朱迪絲最愛吃的糖。只要不抽菸，她就喜歡含著加倍佳棒棒糖走來走去。甚至就連做愛的時候她也捨不得掏出來。每當這時，C總是擔心棒子會戳到自己的眼睛。事實上他也的確被棒棒糖的棒子戳過左眼。他擔心自己的眼睛會因此瞎掉，後來幾天都不敢再跟朱迪絲做愛。

K帶她來的第二天，C很晚才起床。他連續熬了幾個通宵，腦袋昏昏沉沉，而且沒有食欲。極度的疲勞既讓人倦怠，同時也讓人變得非常敏感。這彷彿是種情緒性的恐慌，只對特定的刺激有反應。直到走進客廳，C才勉強回想起昨天弟弟和一個女人在客廳裡做愛的事，然而怎麼也分辨不清那究竟是親眼看到的真實場面，還是錄影帶上的鏡頭。也許是因為剛剛睡醒的緣故吧。

C煮了咖啡。正當客廳裡瀰漫著咖啡香的時候，對面房間的門開了，朱迪絲走了出來。

「我也可以喝一杯嗎？」

他把剩下的咖啡倒進杯子，遞給了朱迪絲。看樣子她也是剛起床，頭髮有些蓬亂，臉上還留著殘妝。她穿著鬆垮的牛仔褲，上面套著印有美國西部名校校徽的寬鬆T恤。這樣的打扮使她顯得很清純。

「穿上衣服，就像換了個人似的。」

「昨天嚇了一跳吧？」

她發出「噓、噓」的笑聲說道，像個故障的加濕器。

「我聽說過很多大哥的事。」

「K去哪兒了？」C斜眼看了看對面的房間，問道。

「出去工作了。」

「什麼工作？」

「你不知道？K是子彈啊。」

「子彈。」

「你連子彈計程車都不知道?砰！」

朱迪絲雙手握成手槍的形狀，沖著C開槍。儘管是空槍，然而C還是不由自主地縮了縮身子。剎那間，昨天夜裡躺在客廳裡的那具裸體浮現在他腦海裡，很快又消失了。

他直覺到自己要做出危險的選擇。他受弟弟的女人吸引了，這個像朱迪絲的女人。他不想把誘惑的原因歸之於葬禮這個非日常性活動的結束。

喝光咖啡後，她從口袋裡掏出加倍佳，含在了口中。最初幾分鐘，她的全部精力好像都集中在吃棒棒糖上了。她全神貫注地盯著棒棒糖的棒子，幾乎要瞪成鬥雞眼。他很久沒有遇到這麼愛吃糖的女人了。他看不起咀嚼口香糖的女人。嚼口香糖這事不需要任何想像力。嚼來嚼去，終歸是要回到原來的位置。這時他突然明白過來，原來自己鍾情的正是這種花費很長時間吃糖的女人。他看著早報，注意力不知不覺就被她的舉動吸引過去。許久之後，她伸了個懶腰，猛然拉長了身體。她把雙腿搭在桌子上面，身體盡可能靠著沙發椅背，還在繼續吮吸著棒棒糖。

……●……

「那是個遊戲。」

朱迪絲打破了漫長的沉默。不經意間，擋風玻璃上又積滿了厚厚的雪，車內再度落入了黑暗。

「我是說第一次和你睡覺那天。你還記得我吃棒棒糖的事嗎？我知道你在偷看我，所以就想玩個遊戲。我想知道你會不會在我吃糖的時候衝過來，還是等我吃完之後你再過來。我在心裡打賭。如果你在我吃完糖之前過來，我就跟你在一起。如果等我吃完你再過來，我就跟K在一起。怎麼樣，好玩吧？」

她打開了車窗。寒風和雪花猛烈湧入。她伸手到車頂抓了一把雪花，關上車窗，然後打開了車內燈。

「剛才，我又想到一個好玩的遊戲。」

她使勁攥了幾次，終於把雪花攥成了雪球。雪球變小了，像個高爾夫球。她吃吃笑著，張開了雙腿。她嘴裡含著加倍佳，把雪球塞進了陰道。她的身體在顫抖。儘管手已經拔出來，也許感覺還在持續傳來，她雙眉之間的陰雲經久不散。

那天，C看見她的左手解開牛仔褲的紐扣並且滑向裡邊的時候，站了起來。她若無其事地用右手拿著加倍佳的棒子，伸出左手去摸索自己的身體，同時躺了下去。C好像不知道自己該去哪兒，佇立良久，注視著她的動作越來越激烈，而且神情也隨著動作的加快而變化。彷彿過去了很長的時間。她睜開了眼睛。兩個人目光相遇了。她做了個手勢，算是對他的召喚。等他靠近的時候，她指了指自己的後背。他從後面將她抱住。就算是這時，她仍使勁蹬腳扭動著身體。C擔心她是不是瘋了。許久之後，她在他的懷抱裡安靜下來。他讓她躺平在沙發上，插進早已勃起的性器。即使他在連續抽插的時候，她也還是沒有停止吮吸加倍佳，臉上帶著不耐煩的神色。沒等她把棒棒糖吃完，他就射精了，然後立刻起身去浴室裡沖澡。身後隱約傳來了她的咯咯笑聲。他記得當時突然很想聽莫札特。

……………

現在，儀表板上油表的指標指向四分之一。如果燃料耗盡，那就只能坐以待斃了。

他把暖氣調小。雪還沒有停下來的跡象。這場雪下得太大了，感覺就像是電影裡的假雪。

朱迪絲對著遮陽板的鏡子補起妝來。

「補什麼妝啊？」

「反正也是閒著沒事。」

「燃料快要用光了。」

「那我們就得死在這裡了？」

她一邊描眉，一邊問道。她的神情很嚴肅，好像不太滿意的樣子。

「也許是吧。」

「那多好玩，大雪把我們埋葬了。」

「我想去看看附近有沒有村莊。沿著道路走的話，應該能找到吧。」

「我不想去。」

描完了眉，她又開始塗唇膏。

「為什麼不想？」

「外面很冷。」

「油一用光，這裡馬上就會冷起來的。再說妳肚子不餓嗎？」

「有點，不過還能堅持。打開收音機吧。」

化完了妝，她的身上散發出蘋果的香味。母親入殮之後，屍身也散發著蘋果的味道。蘋果腐爛的時候，卻又散發出濃郁的芳香。收音機的節目裡，有個舞曲樂團和女主持人一起談笑風生。「現在嶺東、嶺西地區有暴雪對嗎？」「要去滑雪嗎？」「最近很忙，恐怕很難抽出時間。團員都很喜歡滑雪，但是最近卻沒有去滑雪的打算。」「天啊，那怎麼能行呢？」女主持人還在驚呼。「我們先來聽首歌，然後再接著聊。」收音機裡流洩出剛才嘻嘻哈哈吵鬧不已的團體的歌聲。節奏倒是挺輕快，然而歌詞卻是老掉牙的初戀之類。

「還記得妳的第一個男人嗎？」

C的臉緊貼著方向盤。

「哎呀，好像是有兩個人吧，我早就不記得到底是誰了。當時我十六歲，我們三個人在一個房間裡住了一個多月。後來我跟他們兩個人都睡過，至於誰是第一次我就想不起來了。我這個人就是這樣，根本不記得過去發生了什麼事。看電影也是這樣，看到後面情節全搞混了。有很多VCD我看過之後，還會再看一次，因為我不記得片名。當然了，也沒有什麼東西值得我記到現在。不過有的東西也能記得很長時間，很少就是了。好像是《許永浩北極探險》吧，要不就是《動物王國》。電視劇很無聊。小說也沒意思，唯一讓我看得入迷的只有《動物王國》。打獵不是母獅子的工作嗎？但是，最先享用母獅子的獵物的卻是公獅子。公獅子吃飽之後，才能輪到母獅子和小獅子。我們家也是我媽掙錢。我們家的情況是我媽掙錢養家，我爸卻像個殘廢似的卑躬屈膝。有一次，我爸和酒館裡的女人睡覺被我媽發覺，結果我爸被我媽用菸灰缸打了臉。當時我都看見了。不過，現在我已經記不清他們兩個什麼模樣了。」

「妳為什麼離家出走啊？」

「我去上學，有個老師問我妳怎麼沒有書啊？我說書都讓我爸給撕了。老師又問，你父親為什麼要撕妳的書啊？我說他每次喝酒都會撕我的書，老師說妳不會跟我撒謊吧？我大喊我沒有撒謊，最後卻因為頂撞老師挨打了。從那之後我就不去上學了。因為我連續曠課，老師就打電話到家裡，結果我又差點兒被我媽打死。於是，我乾脆離家出走。出來就是天堂啊。沒有人約束，我想喝酒就喝酒，想買衣服就買衣服，想跟男人睡覺就跟男人睡覺。」

「不想妳母親嗎？」

「原來你也和他們一樣，竟然問這種問題。你不了解。以後別再問我這種問題了。我討厭什麼都問的傢伙。什麼都問的男人想隱藏的東西可多了。有話就說不就行了嗎，為什麼非得問別人呢。」

收音機裡說大雪還要再下三十釐米以上。

……●●●●……

回到舍堂站，雪花更大了。K停好計程車，走進了路邊的帳棚小吃攤。

「先來瓶燒酒，再燙一份墨魚。」

墨魚安安靜靜地躺著，身體被橫向切開，顯得很溫順。他想起了自己和世妍去注文津的時候。天色未明，墨魚船點著紅彤彤的火把，開進了碼頭。撒在碼頭邊的墨魚相互糾纏，輕輕蠕動。幾條墨魚還噴出了墨汁。他和世妍就著墨魚片喝燒酒。她對港口非常熟悉。K曾問過這裡是不是她的故鄉，但是世妍沒有回答。那天，她的身上瀰漫著大哥的香水味。「妳跟大哥睡覺了？」世妍好像點頭了。大哥的香水味摻雜在海腥味之中，讓那天的墨魚沒能好好消化。

好像開始下雪了，帳棚小吃攤裡沒有別的客人。連喝了兩杯燒酒之後，K夾起墨魚的軀幹部分。第一次遇見世妍的那家酒館好像也在這附近。他和其他司機去酒館唱歌，結果遇到了世妍。五個人走進房間，點了啤酒，當時是世妍進來削水果。她削蘋果的樣子很不熟練。雖然她塗著青紫色的眼影，但是看上去年紀不是很大。這個女人從來不笑。司機很生氣。賣笑的女人竟然不會笑，他們紛紛怒罵。老闆聞聲而來，也是對她破口大罵。她被老闆拖走之後，外面很快就響起了抽耳光的聲音。沒過多久，她又進來了，開始不停地笑。聽到司機無聊的玩笑她也笑，聽到司機罵車輛調度員她也笑，聽說韓國足球晉級世界盃她也笑。不料，司機又生氣了。這娘兒們不會是瘋了吧？她還是笑。然後，她又被叫了出去。

其他司機都回家之後，K回到酒館，掏錢把她帶了出來。「今天是我的生日。」世妍這樣說道。於是，兩個人繼續喝酒，然後在舍堂站附近找了家旅館睡覺。

「妳為什麼不笑？」

「因為不好笑。」

「後來為什麼又笑了？」

「因為可笑唄。」

每次去找她，她總是說今天是我的生日，然後兩個人喝酒、睡覺。今天早晨，她又提到了自己的生日。於是他沒去上班，繼續做愛。如果她說今天過生日，他的性欲就會勃發。「加倍佳都沒了。這是最後一根了。」她忽然停下動作說道。「下班回來的時候，我再買給妳。」K說。

K摸索著旁邊的加倍佳袋子，掏出一根，剝掉糖紙，含在了嘴裡。帳棚小吃攤的老闆悄悄地看著這位不喝酒轉而含起棒棒糖的客人。

這會兒她在哪裡呢？難道是去找大哥了？大哥這個人啊，什麼東西他都要據為己有。他真是精於此道，對於自己的掠奪行徑毫不臉紅。每次想到大哥，他的腦子裡總是充滿了掠奪的回憶。那還是很小的時候，還沒上小學，當時他有隻小狗，長著柔軟的黃毛，非常漂亮。小狗總是被大哥抱在懷裡。不管K怎麼絞盡腦汁，小狗也還是跑向大哥。直到現在他也想不明白個中奧妙，當然也不想知道。

有一年夏天，小狗不見了。雨季過去之後，人們在下水道出口發現了牠的屍體。大人說，小狗爬進了下水道，但是裡面太狹窄，牠爬不回來了。經過這個夏天，小狗的內臟已經破裂，徹底腐爛在下水道裡了。沒有人願意收拾牠的屍體。大哥也看見了這個場面，晚上竟然還吃了滿滿一大碗飯，實在叫人難以理解。K整整餓了兩天。

他們的父親是個職業軍人，K和大哥從小就生活在軍營。討厭也好，喜歡也罷，反正大哥是他唯一的玩伴。為了跟哥哥玩，他必須要付出代價。每次下象棋或五子棋，哥哥總是要求打賭。勝利者都是哥哥。雖然K偶爾也能贏，但是最終結果還是哥哥勝利。有些人就是這樣，他們總是能取得最後的勝利。堂姐分給他的外國郵票，過不了多久就會統統成為哥哥的戰利品。K還記得印著汽車的德國郵票。他想看看那些郵票，還有蝴蝶。是的，還有蝴蝶，那些插著針、早已化為灰燼的蝴蝶。

有一次，世妍正在聽他說話，突然問道：

「你們經常打架嗎？」

「沒有，我沒跟哥哥打過架。尤其是上中學之後。」

「為什麼？」

「我成績很差，而且抽菸，經常不回家，這時候我爸就會打我，每次都是哥哥出面勸阻他。哥哥讓爸爸平息怒火，然後帶我出來好言相勸。每當這時，我總是很聽哥哥的話。我覺得家人裡面只有哥哥最理解我，所以即使離家之後，我最想見的人也是他。反正不管怎麼說吧，想起哥哥我總感覺難以釋懷。不能胡亂……」

世妍咯咯笑著說道：

「傻瓜！這種人更可怕。我的客人裡面最可怕的就是這些傢伙了。我受了屈辱的時候他們照顧我，我難過的時候他們摟著肩膀安慰我，我哭的時候他們給我擦眼淚，但是跟我做愛的時候，這些傢伙卻因為我嘴裡含著加倍佳而火冒三丈，甚至連旅館費也不想掏，早上還說自己沒有車錢。我最艱難的時候請我吃過飯的人，竟然揪住我的頭髮狠命痛打，這種人很多。」

儘管如此，他也還是真的很想念大哥。五年前離家出走的時候也是這樣。後來他不再想念大哥，就開始修理汽車了。車行旁邊的小屋是他的宿舍。房間裡張貼著藍寶堅尼跑車的大型海報。白天他為別人的汽車換油，渾身都是汽油味，夜晚則活在夢裡。車行免費提供的汽車雜誌他是讀了又讀。賓士500敞篷跑車的試駕說明書他已經爛熟於胸了。他看不起白天修理過的汽車。那些人開來時速最高只有一百八十公里的車子，對著微不足道的毛病大呼小叫，他覺得可笑至極。

他曾在以前工作過的店鋪見過保時捷。從車裡下來的男人慢慢地走進商店，買完防凍液之後立刻就消失了。大概是三十出頭的樣子吧。他開著保時捷，怎麼能流露出那麼滿不在乎的神情呢。K很不理解。男人把防凍液放進後車箱，發動了汽車。K感覺保時捷引擎的聲音跟以前聽過的任何汽車聲音都不一樣。他忘不了那厚重又輕柔、而且充滿了力量的聲音。那時，他第一次發現自己竟然也有殺人的念頭。這樣的衝動把他自己也嚇壞了。那天夜裡，他一邊哭泣，一邊撕碎了張貼在宿舍牆壁上的藍寶堅尼海報。

⋯⋯⋯⋯

他已經喝光兩瓶燒酒，墨魚卻不見減少。帳棚小吃攤裡只有兩個老邁的男人在喝酒。他們在談論獨島的話題。禿頭的男人認為必須炸掉日本。另一個男人隨聲附和，說必須儘快開發核武。這時候，雪越來越大了。K掏出一根加倍佳叼在嘴裡。小吃攤老闆的身影在他的視野裡變成了兩個。一定是他的一隻眼睛轉到旁邊去了，也許是左眼，也許是右眼，這是短暫的斜視現象。

「世界變成兩個，不舒服吧？」

世妍很新奇地注視著他朝一側轉動的眼睛。

「當我放鬆下來時，眼部肌肉會變得鬆弛，一隻眼睛會轉到一旁。我從小就這樣。

只要再開始集中心神，我的眼睛就恢復正常了，兩個影像也重疊了。我倒沒覺得多難受。因為我會從中選擇一個影像判斷。」

世妍搖了搖頭，不太相信的樣子。

「除了我們家人，沒有人知道。跟別人在一起的時候，我會把力量都集中在眼睛上。」

「你不累嗎？」

「習慣了就好了。再說活著能不累嗎？」

「你不是說從來不讓別人知道嗎，為什麼讓我看見了？」

「因為加倍佳。」

……………

K閉上眼睛，喝光了剩下的燒酒。結完帳後，他走進公共電話亭，緩緩按下了號碼。

沒有人接電話。世妍不接電話，大哥也不回應他的呼喚。兩個世界又出現了。K掏出口中殘存的加倍佳，扔到電話亭外面。K踉踉蹌蹌地走向自己的計程車，打開車門，坐上了駕駛座。不知不覺間，車窗上也有積雪了。他發動引擎，也打開了收音機。嶺東、嶺西地區的暴雪讓山村與世隔絕了，太白線、中央線道路不通。收音機裡開始廣播暴雪造成的失蹤者名字。許多地方的電路和電話都中斷了，學校也下達了停課令。K打上一檔，驅動車子。車輪發出了幾次打滑的聲音，然後開始緩慢前行。

••••••••••••••

「現在，油都耗光了。」

「我想去北極。聽說那裡只有白雪和冰原，還有慢吞吞的北極熊和每秒三十米的強風。聽說那裡的夏天很涼爽，而且一年四季都漂浮在海上。是不是很好玩？說不定什麼時候腳下迸裂，就掉進去了。」

「我不是開玩笑。我們與世隔絕了。如果大雪還不停止，道路就徹底斷了。想要活命的話，現在得趕快走。」

「男人就是這樣，老老實實待在一個地方就會感到不安。哪怕是喝酒也要到處跑來跑去。走什麼走，往哪兒走啊？我喜歡這裡。安安靜靜的，就像個墳墓。你進過棺材嗎？我國中的時候，曾經去教堂參加過一次校外教學。這個活動要求所有的參加者都要躺進棺材，然後談談自己的感想。其實就是讓我們提前體驗死亡，然後更虔誠地信仰耶穌。你知道當時我說了什麼嗎？我說好舒服啊。真的，棺材裡面非常溫暖，我都不想出去了。修女好像還問我不怕下地獄嗎？哪有什麼地獄啊。我想去北極。我希望在那裡停留很久很久，北極點是不會轉動的，對吧？」

「沒有北極點。既然是冰，就總是漂在海上啊。誰也找不到那個地方。妳也去不了。」

汽車熄火了。車內燈也閃了幾下，隨後就慢慢熄滅了。收音機的白色液晶螢幕也消失了。只有防盜裝置的紅燈還在規律地閃爍。周圍突然變得漆黑，好像在進行燈火管制演習。氣氛冷清又寂寞。他們很長時間都不說話。寒冷開始如蟻群洶湧而來。

「出去吧。」

「討厭。」

「那怎麼辦？」

「我還想多待會兒。對了，我們做愛吧？」

車裡響起了裙子窸窣脫下的聲音。朱迪絲的手抓住了C的肩膀。他越過手煞車，要爬到她身上。C剛剛擠到副駕駛座，朱迪絲立刻就翻到了他的身上。C從後面抱著朱迪絲，開始了漫長而無聊的做愛。朱迪絲的頭偶爾撞上車頂，震落了擋風玻璃上的積雪，但是沒有人會看見車裡的風景。收音機裡正在進行智力問答遊戲。第一個打進電話的聽眾回答說是安東尼奧．班德拉斯。DJ笑著說答錯了，不過還是可以送你一張購書券。於是這位聽眾很高興。第二個打進電話的聽眾回答說是李奧納多．迪卡皮歐。DJ鼓起掌來，說答對了，送你一台CD播放機。這位聽眾當場表示要把獎品送給即將結婚的姊姊。

「你怎麼還不射精？」

經過漫長而無聊的動作，她問。直到這時，他才意識到自己正在跟她做愛。

「興奮不起來。」

「那你掐住我的脖子，說不定就興奮了。」

C從背後纏住了她的脖子，重新開始做愛。她有些喘不過氣來了。他擔心會不會把她掐死，連忙射精了。她乾咳幾聲之後，起身挪到了後排座位。

「你這輩子絕對殺不了人。」她說。

「人有兩種，一種是能殺人的人，一種是不能殺人的人。你問哪個更壞，當然是不能殺人的人更壞了。K就是這樣。你們兩個看起來不同，其實骨子裡還是一模一樣的。不能殺人的人，他也沒有能力真心愛別人。」

C琢磨著她的話，睡著了。他射精之後，疲憊襲來，感覺頭腦昏昏沉沉。

他做了很多夢，但是能想起來的只有最後一個。

白皚皚的雪原之上，寫著北極二字的霓虹燈在閃爍。霓虹燈每秒鐘閃一次，告訴人們這個地方就是北極。好像拉斯維加斯。近前看時，他發現朱迪絲正在和北極熊做愛。C朝著北極熊舉起了槍。隨著砰的一聲槍響，北極熊倒下了，朱迪絲滿臉怨恨地盯著他。他上前翻過熊的屍體，不料那頭大熊竟然變成了K。K渾身血肉模糊，瞪大了眼睛。赤身裸體的朱迪絲高舉長劍，準備去刺C的眼睛。剎那間，她的劍穿透了他的眼睛，從後腦勺鑽了出來。眼睛在前面，怎麼可能看見通過後腦勺鑽出來的劍尖呢。在夢裡，他也是百思不得其解。

⋯⋯●●●●⋯⋯

啪的一聲，他從夢中醒來，發現自己依舊躺在黑漆漆的車內。也許是因為冒冷汗，他感覺難以抵抗的寒氣襲捲而來。嗶嗶剝剝的聲音再次響起。他從旁邊的車窗往外看，又聽見了啪的響聲。好像是積雪壓斷了樹枝，落上了車頂。

「冷不冷？」

「……」

「出去吧。」

「……」

沒有人回答。C摸索著後座，尋找朱迪絲。但是，他什麼也沒摸到。他用力推開被積雪頂住的車門，去後車箱裡取出了提燈。後座的車門有敞開過的痕跡，還有踏著積雪的腳印。雪已經堆積到大腿了。

「世妍！」

他聲嘶力竭地呼喊，同時沿著腳印向前走。讓人意外的是腳印痕跡很長，看不見盡頭。他又走回汽車，關上後車箱，帶好了其他的工具。而且也不知道她走出了多遠，他必須用鑰匙鎖好車門。

風很猛烈。暴雪還在繼續，只是有些減弱了。C一隻手裡提著燈，另一隻手裡拿著自己的提包和她的手提袋，踏著積雪前行。每分鐘好像只能前進十米左右。她是怎麼穿過這樣的雪路的呢？他有些不耐煩了。他走路的時候，最後和她做愛的場景以及夢中看見的場景相互交織在眼前，但只出現了一會兒。因為要涉雪而行，不知不覺間他已經大汗淋漓了，汗水流進了雪地。她去了哪兒呢？他有些疲憊，忽然不想去管她的行蹤了。她就像闖進他生活的黴菌。這東西不會出現於乾燥之處，然而只要是建築物的陰濕之地，總會有黴菌棲息。她就像黴菌，不管他喜不喜歡，隨隨便便就瓦解了他的生活。這樣辛苦地涉雪而行，尋找那個在母親葬禮上和弟弟做愛的女人，他甚至有些厭惡自己了。他是真的、真的不想再去關心她的下落，甚至她的生死了。他這樣想著，還是一步一步地往前走。

正在這時，就在遠處，遠遠的地方出現了黃色的燈光。那燈光沿著道路正在逐漸向他靠近。原來是鏟雪車。他用提燈示意，喊住了鏟雪車。

「有沒有看見一個女人從這裡走過去？」

「長頭髮的女人嗎？」

「對，我說的就是她。」

鏟雪車上的工人用手指了指自己來時的方向。

「那個女人搭乘往元通方向的鏟雪車走了。」

「這輛車去哪兒啊？」

「我們是去內雪岳，方向正好反了。」

雖然不能確定搭乘鏟雪車的女人就是朱迪絲，但他還是上了鏟雪車。大約二十分鐘後，他在加油站旁的飯店前下車，並在這裡過了一夜。早晨起床後，道路已經清掃得差不多了。他收拾東西，準備出去，卻發現了房間角落裡的手提袋。他從手提袋裡掏出了她的身分證。一九七五年一月二十一日生。原籍江原道溟州郡注文津邑……

回到漢城以後，C再也沒有見過她，只是偶爾想起她在自己生日那天，踩著大雪，消失在故鄉的反方向。現在，他每天過得匆匆忙忙，卻再也不可能遇見做愛的時候嘴裡含著加倍佳棒棒糖的女人了。不過，夢中看見北極的事卻變得越來越頻繁了。他繼續在太陽低懸的背景下射擊北極熊，然而北極熊總是變成屍體。如果非要說有什麼不同的話，那就是出現在夢中的朱迪絲面帶微笑。日子一天天流逝，什麼都沒有改變。

III.

Evian

我很晚才睡。我自殺了 65%。

我的生活非常廉價，只有生命的 30%。

我的生活占據了生命的 30%。

我的生活缺乏胳膊、繩子和幾枚紐扣。

5%獻給半清醒的麻木狀態，

伴隨微弱的劈啪爆裂聲。

這 5%稱為「達達」*。所以生活很廉價。

死亡稍微昂貴一些。但是，生活很有魅力，死亡也有同等的魅力。

——崔斯坦．查拉（Tristan Tzara），

〈我怎麼才能善良、優雅而且充滿魅力〉

（How I Became Charming, Likeable and Delightful）

* 此文作者崔斯坦．查拉是達達（Dada）文學運動的先鋒。

編輯工作已經接近尾聲，最多一個星期就可以脫稿了。我關上電腦，來到陽臺，盡情呼吸著季節變換後的空氣。轉眼間已經是春天了。到了春天，委託人就會增多。春天裡委託人之所以增加，與其說是對漫長冬季的反作用力，倒不如說是因為對於春天的恐懼。人人都恐懼春天。冬天裡憂鬱無可厚非。但是，春天卻讓憂鬱無處躲藏。感覺自己被孤立也就是理所當然的事了。冬天，人人都可以被囚禁；春天，只有那些不得不被囚禁的人才會被囚禁起來。

我記得曾經看過燒墾田農民的房屋，也就是瓦房。印象最深刻的是，瓦房的屋頂之下擁抱著一切，包括牲口圈和廚房、住房和取暖設施，還有儲存糧食的倉庫。他們的灶門裡排出的炊煙也不能輕易溜出他們的屋子。炊煙經過煙囪，溫暖了整個房間，然後才能真正排放到瓦房之外。開始於十月份的雪將他們囚禁了。春天冰雪消融，他們衝出瓦房，跑到山間放火。特別像狂歡節。伴隨著劈里啪啦的聲響，火花蔓延了山脈的每個角落。然而在當今時代，誰也不能舉行這樣的狂歡節。誰也不能僅僅因為無聊的冬天過去了而放火。現在，人們只能燃燒自己了。

⋯⋯⋯⋯

與朱迪絲相遇也是在這樣的春天。那是四月，陽光溫暖，但是風依舊很冷。那天我在大學路看電影。電影裡有男女三人。一男一女是親戚，另一個男人是這個男人的朋友。女人是漢堡店的服務生，兩個男人是混混。三個人用賭博贏來的錢租車旅行。這是吉姆．賈木許導演的《天堂陌影》。電影一次也沒有使用特寫鏡頭表現出場人物。因為看不清演員的臉孔，觀眾感覺很煩躁，而演員的煩躁感恐怕也不亞於觀眾。他們的生活無比枯燥，他們的逃脫只有賭博和旅行。賭博吧，卻又在賭場上輸光了錢；旅行吧，每個地方都大同小異。「這裡有個湖。」女人發現了湖，然而克利夫蘭湖已經結冰了，而且正下著大雪。什麼也看不見。男人嘟嘟囔囔著說，大老遠回來，什麼也沒改變。這部電影連最尋常不過的戀愛情節和做愛鏡頭都沒有。如果把前半部分剪貼到後面，恐怕觀眾也不會介意。

當然了，那天的電影院裡也沒什麼觀眾，頂多只有三個人。我前面三排的座位上有個女人，她就是朱迪絲。她雖然從頭到尾都在睡覺，卻也不肯走出電影院。電影結束了，她還沒有站起來。於是，我也跟著看了兩遍。「這裡有個湖。」女人手指湖水的時候，她醒了過來。她搖搖晃晃地起身，腳下似乎踩著了空罐子，嘈雜的聲音響徹電影院。我跟著她出去了。當時十點多了吧。她緩緩地走向栗樹公園。走路的時候，她有兩次撞到別人的肩膀。她走進公用電話亭，摘下話筒，卻又掛了回去。

她走了半天，後來在栗樹公園的室外劇場找了個座位坐下。兩個男人抱著木吉他在唱歌。

「大老遠過來，也沒什麼特別的，是吧？」

我坐到她的旁邊，說道。

「對。」

她盯著歌手方向回答道。

「喂。」

朱迪絲掏出香菸，低聲叫我。

「怎麼？」

「你想過去北極嗎？」

她的嘴裡冒出了白茫茫的煙霧。

「妳想去北極？」

「我已經去過了，就是前幾天。」

朱迪絲嗤嗤笑了。

「真好啊。整個世界都被白茫茫的大雪覆蓋了。白雪看久了，你感覺所有的東西都變黑了。你知道那裡的太陽怎麼升起嗎？太陽掛在天上，也落在天上。冬天，太陽掛在你腳底，也落在腳底。好玩吧？」

這時，她終於看了看我這邊。我點點頭，開始附和著她說話：

「據說人到了北極都不會死，是嗎？我認識一個去過北極的人。她年輕的時候和丈夫一起乘坐途經北冰洋的遊船，不料遊船觸礁沉沒，她丈夫也落進了大海。失去丈夫之後，她獨自回到家裡，六十多歲的時候再次搭乘遊船前往北冰洋。她想找回和丈夫共有的回憶。她登上甲板，眺望大海，看見遠處漂來了浮冰。浮冰上面有她的丈夫。當浮冰漂到近前的時候，她跳進了大海。」

「為什麼？」

「她的丈夫依舊保持著二十幾歲的模樣，而她已經成了老奶奶。」

「有道理。我能理解這個女人。」

有時，虛構要比真實事件更容易理解。如果以真實事件開場，往往會很尷尬。這時候可以編造幾個談話必需的事例，反而有利於交流。我很小就明白這個道理了。我喜歡這樣說話。反正這個世界本來就充滿了虛構。

無論如何，她點頭表示對我的故事有同感。我們注視著歌手唱完最後一首歌，把吉他裝進盒子，收起了麥克風。我站起來，給了她一張名片。

「如果妳有什麼事很想說，卻又不想讓別人知道，不妨給我打電話。」

「現在怎麼樣？」

「這裡很麻煩，還是算了吧。不過，稍後就可以了。」

她終於笑了。那是鬆鬆脆脆的笑容，彷彿降落已久的雪。

「跟我來。」

我抓過朱迪絲的手，站了起來。她什麼也沒說，跟在我身後。坐上我的車後，她深深地蜷縮著身體。我發動引擎之後，查特・貝克粗獷的低音鋪滿了車內。

「妳知道這個人嗎？」

她緩慢而吃力地搖了搖頭。

「雖然我不知道他是誰，但是他好像在地底下拉扯我的身體。我好像要塌陷了。」

「他叫查特・貝克，是個爵士音樂家。他的生命微不足道。雖然也有出名的時候，但是還不足以在爵士史上名垂千古。他唱歌水準不是很高，至於小號演奏，也算不上多麼出類拔萃。六十年代時，他演奏只是為了掙錢買毒品。」

「那你為什麼還要買他的ＣＤ？」

「有一天，我在唱片行裡看見這張專輯的封面。他沒刮鬍子，滿臉都是密密麻麻的鬍碴，而且梳著油頭，深刻在額頭上的皺紋暴露無遺，完全是個老人。黑白照片能突出人的陰影，讓人容易揪出隱藏在皺紋之間的人生。但是，這個男人的瞳孔捕捉到了相機的閃光燈，那閃爍的光芒就顯得沒那麼清澈了。看到這張照片的瞬間，我感覺這個人的生命已經結束了。」

「你怎麼知道？」

「瞳孔裡反射的兩點光芒好像是最後的光芒。雖然飽受疲憊和倦怠之苦的皺紋布滿臉龐，但是有些東西卻是隱藏不住的。這不是對於生活的希望，而是渴望休息。」

這時，ＣＤ已經放到了第二首歌。查特．貝克的代表作〈我可笑的情人〉（My Funny Valentine）。單從歌名來看，好像是挺快活的曲子，但是他唱得低沉而淒涼。沒有摻雜絲毫的甜美和廉價的感傷，但是可以感受到長途跋涉者的超脫，以及超越欲望者的自由。

「這張專輯是現場錄音，他的最後一次音樂會。這次音樂會兩周之後，他就在自己下榻的酒店墜樓死了。」

「為什麼死了？」

「阿姆斯特丹的員警認定他死於意外。但是，我不這麼認為。我越常聽這張唱片，越常看這張唱片的封面，我越感覺是他自己選擇了休息。」

「沒留遺書嗎？」

「沒有。難道這張唱片還不算是遺書嗎？我是這樣想的，有人用文章說話，有人只能用音樂來說話。這不是錄音，而是音樂會現場，這點也很重要。感覺會不同。面對現場觀眾演奏自己的最後一曲，這跟在錄音室裡對著某個看不見的人演奏不同，感情的振幅有區別，妳覺得呢？」

「好像是這樣。」

我發動汽車，駛向她的住處。她在遠離漢城的衛星城市租公寓住。我們在擺放著廉價鐵製家具和十四吋電視機的客廳裡喝咖啡。我喝咖啡的時候，她嘴裡叼著加倍佳棒棒糖。清晨時分，朱迪絲決定成為我的委託人。三天之後，我和她簽訂了協議。我把我們之間的談話埋在心底，踏上了飛往維也納的航班。

……●……

維也納是一座富有魅力的城市。很多地方都由此處滲透到別的地方。宗教改革、表現主義、納粹主義等觀念經由這座城市傳播到世界各地。現在，維也納經常被稱作是連接東歐和西歐的門戶。因為大部分的旅行者都是在這裡獲得簽證，然後輾轉前往捷克和匈牙利等地。希特勒甚至想在維也納當個畫家。「如果不是命運選擇我當了元首，我會成為米開朗基羅。」希特勒自信滿滿地叫囂。另一方面，莫札特也在維也納學習音樂。希特勒成了法西斯和大眾心理領域的天才，莫札特則因作曲和演奏聞名世界。兩個人的共同點就是在魅惑大眾方面有著過人的天賦。當然了，那個時代很容易讓人們產生心靈的共鳴，無論是透過什麼手段，比如安妮・法蘭克的日記之所以情真意切、感人肺腑，便是因為猶太人大屠殺的時代背景。但是，這在我們的時代根本行不通。如今的死亡早已變成了某種透過電視現場直播的色情片。從前，屠殺只能藉道聽途說傳播，現在卻可以經由衛星迅速詳細地直播了。觀看色情片的人當然不會感動。

維也納有很多東西共生共存。神聖羅馬帝國的痕跡、納粹主義的殘影和哈布斯堡王朝的光榮在這裡相互混雜。很多人從這個中立國的首都出發，奔赴另外的地方。這座城市讓人覺得可以與任何人共度春宵。萍水相逢，看一場《歌劇魅影》之類的音樂劇，喝一杯德國啤酒，然後來到附近的廉價旅館，爬到吱吱呀呀的床上做愛，第二天早晨踏上奔向各自目的地的列車。

當時我選擇去維也納還有別的原因。就是我的委託人朱迪絲。我與朱迪絲簽訂協定之後，就想去創作出《朱迪絲》的畫家克林姆的國家。古斯塔夫・克林姆。這個活躍於十九世紀末和二十世紀初的畫家，創作出了符合世紀末情緒、華麗而唯美的繪畫。克林姆的《朱迪絲》同樣是以絢麗的純裝飾性圖案為基礎，將頹廢之美推向了極致。

••••••••••••••••

「他叫我朱迪絲。」

「為什麼？」

「他說我像某個畫家筆下的《朱迪絲》。」

最後一夜聽她說這些話的時候，我立刻就知道了她所說的「某個畫家」是誰。

「古斯塔夫・克林姆。」

很多畫家都從《聖經》裡獲得靈感，描繪過朱迪絲，但是她像的是克林姆筆下的朱迪絲，而不像其他畫家的朱迪絲。

「他是誰都沒有關係，還好你知道名字。我很快就忘了。」

這時，朱迪絲笑了。

……

為了看到克林姆的《朱迪絲》，我去了位於貝爾維德宮的奧地利美術館。我乘坐路面電車，經過穿插於市區的環形道路，剛到城市南邊就看見了宮殿。然後，我緩緩地走進了宮殿內部。很多看似來參觀學習的孩子吵吵嚷嚷，拿著數位攝影機的遊客眉頭緊皺，走馬看花地四處張望。現在，高舉著日本製照相機招搖過市的遊客幾乎消失了，統統換成了這種數位攝影機。但是，攝影機如同妖精的葫蘆瓶，鏡頭不僅吞噬了宮殿，也吞噬了宮殿前面的池塘。他們記憶之中的貝爾維德宮被收斂為四四方方的影像，模糊陰沉，而且縈繞著幽藍的氣氛。他們追求記憶的永恆，卻犧牲了剎那的存在。這樣說有些淒涼，卻是人類的宿命。

登上展覽室的二樓，克林姆的名作《吻》的前面雲集了最多的遊客。真好。《朱迪絲》顯得門庭冷落。她的黑髮蓬蓬鬆鬆，很不真實，作為背景的平面圖案被裝飾成了金黃色，增添了華麗感。還有她的眼睛。眼睛似睜還閉地俯視著世界，與紅彤彤的臉頰形成了鮮明的對比。那是性高潮之前探尋快感來源的眼神。嘴唇微微開啟，顯得很放鬆。敞開的胸部不是肉色，而是藍色。朦朦朧朧的藍光是死亡的徵兆。因此，朱迪絲的肉體看起來像屍體。說是屍體，卻又太有誘惑力了（或者因為是屍體，所以更具誘惑性）。朱迪絲用左手抓住被她砍掉的赫洛夫尼斯的腦袋。黑頭髮的男人閉著眼睛，已經死去了。

朱迪絲和敵將赫洛夫尼斯做愛，然後砍掉了他的腦袋。砍頭之後，是否還留有性欲的餘韻，或者是在砍頭的瞬間達到了性高潮，我們就不得而知了。

看畫的時候，我神遊八荒，有個女人插到了我的前面。這個女人個子不高，兩綹短髮散落在臉頰旁，明顯是個東方人。因為她擋住了畫的下端，我就輕輕地往旁邊挪了挪，看見了她的側影，結果發現她的面部輪廓和眼睛像是東南亞人。這時正好有團體遊客在導遊的帶領下擁向《朱迪絲》，我連忙走出了展覽室，感覺口渴得厲害。我的委託人朱迪絲和克林姆的朱迪絲，兩個女人在我眼前晃動，我感覺有些暈眩。我來到地下室的咖啡廳，點了礦泉水和熏肉沙拉。這裡的礦泉水是產自法國的 Evian。這種據說是來自阿爾卑斯山脈的礦泉水要比韓國的水口感略硬。不過，幸好還能買到 Evian。碰到運氣不好的時候，我經常要喝氣泡水。因為對於這些人來說，礦泉水也是飲料的一種，就像可樂一樣。

有一次，我曾經和一個旅途中認識的荷蘭女人結伴去了布拉格。我們告別後回到了各自的房間，相約第二天去布拉格飯店的休息室喝茶。上午十一點左右，我們走進了飯店休息室。這個地方挺有意思，入場要付費，還有絃樂四重奏在演奏。她若無其事地點了「礦泉水」，我看著她，感覺很驚訝。水，成了荷蘭女人和韓國男人之間有深刻隔閡的象徵。有時候，水比語言更能使人與人之間產生距離。

我在美術館咖啡廳裡吃完沙拉的時候，那個和我同看《朱迪絲》的東南亞女人也走了進來。她點了可樂和牛角麵包，吃得慢條斯理。我仔細地打量著她。雖然可以斷定她身上一定存在與朱迪絲相像的地方，但是不容易找到，於是我放棄了觀察。

她吃完了兩塊牛角麵包，開始研究從美術館買來的參觀導覽。她的視線還是沒有離開克林姆的作品。我跟她搭訕。維也納這個城市，或者說美術館這樣的地方，非常適合跟某個人聊天。

「妳喜歡克林姆？」

聽見我的問題，她緊盯著我的眼睛，也用英語回答道：

「不喜歡。」

「那妳為什麼只看克林姆的畫？」

「不用你管。」

她把瓶子裡的可樂倒進了杯子。總之，我因此得以從正面觀察她的臉。她未上妝的臉上滿是雀斑，而且膚色被太陽晒得黝黑。掩飾不住的疲憊感瀰漫在她的臉龐。我很想跟她過夜。我想讓這個旅途中疲憊的女人枕著我的胳膊迎接黎明。反正旅行時間也是我生活的盈餘部分。如果是在韓國，那我的生活必須奉獻給我的工作，也就是區分什麼樣的人有可能成為我的委託人，什麼樣的人不會成為我的委託人。到了這裡，我沒必要繼續過這樣的生活。

「妳從哪兒來？」

她的口音帶有中國人特有的聲調。我猜她來自新加坡，不然就是香港或澳門。

「香港。」

她的回答很簡短。

「你從哪兒來？」

「我來自地獄。」

她皺起眉頭，笑了。

「原來你住的地方那麼好玩啊。」

「非常無聊。什麼事物都一成不變。妳好像是在旅行，來維也納之前妳在哪兒？」

「柏林。整整下了三天雨。能看見的只有旅館。」

她疊好參觀導覽，掏出紅色的萬寶路，點著了火。

「你從事什麼職業？」

我的職業？有時可以說是顧問，有時也可以說是作家。但是，每次被問到這個問題，我還是會再三猶豫。

「小說家。」

「你的書被翻譯成英文或中文了嗎？」

「沒有。」

看樣子她失去了興致。旅行中我經常碰到這樣的事。小說家沒有作品被翻譯成英文出版，往往被等同於無所事事的人。

「妳呢？」

「我做過很多工作。當過百貨店店員，還幹過別的事。香港有很多百貨店。」

「不介意我問問妳的年紀吧？」

「二十一歲。」

我有點兒驚訝。她才二十一歲，但是陰影已經很深了。

「第一次來維也納？」

「對。在香港想要擺脫香港不是件容易的事情。這是我的第一次旅行。香港之外的地方。」

很難想像某個人守著一個城市過一輩子，二十年沒有離開漢城。我仔細觀察這個女人。她來自既是英國又是中國，既是城市又是國家的香港。她說她在喧囂的香港生活了二十年。

「找到地方住宿了嗎？」

她拿出地圖，似乎在尋找位置。

「位於瑪麗亞希爾夫大街的民宿。」

那是一條從維也納西火車站延伸到市中心的街道。大部分的廉價旅館都集中在這條街道，距離我的住處也不遠。

「明天要不要和我一起逛逛這城市？我是第三次來維也納。」

「好啊。」

「那麼，明天十點鐘，我們在歌劇院門口見面。」

我在地圖上找出歌劇院的位置，做了標記。她抬起小眼睛，看了看地圖，站起身來。

我回到住處整理行李，然後到酒吧喝啤酒。酒保是個肥胖的年長女士，用熟練的動作倒了杯啤酒，上面帶著厚厚的泡沫。我拿出了在美術館買的《朱迪絲》明信片。

「有沒有特別喜歡的方式？」

最後一天，我問朱迪絲。朱迪絲似乎懶得想事情，呆呆地坐了一會兒，便把一切都交給了我。這種事我經常遇到，自然不慌不忙。

「你覺得我適合什麼樣的方式？」

「首先排除妳不喜歡的方式吧。」

我拿出筆記型電腦，打開資料夾。那裡有很多可以展示給委託人看的畫面。

「縊死，也就是上吊，妳不喜歡吧？」

我打開第一個照片資料夾。上面是個吊死在荒山大樹上的人。

「是的，喉嚨的感覺肯定很不爽。」

她用左手摸了摸後頸。

「其實這種方式非常簡單。大家都以為上吊的人要痛苦三、四分鐘，然後才能死亡，事實並非如此。妳把脖子套進繩子，腳踢開椅子，脖子瞬間就會給繩索拉斷。這時候，大多數上吊者會失去意識，因此有些人就算雙腳踩在地上也會死亡。如果掙扎個三、四分鐘才死，就不可能出現這種結果了。」

「反正我不喜歡上吊。」

我又打開下面的資料夾。有個男人躺在浴缸裡，浴缸裡的水變成了粉紅色。

「這是西方人慣用的方式。從羅馬時代就在貴族中間流行起來了。身體泡在熱水裡，可以加速血液循環，便於儘快達成目標。割斷動脈的舉動很難，但是，只要做完了這個動作，接下來就很輕鬆了。妳可以看著鮮紅的血液蔓延到水裡，靜靜地死去。這時，因為身體大量失血，自殺者會陷入休克狀態，沒有力氣，精神恍惚。但是，我並不建議妳採取這種方式。」

「為什麼？」

「有些委託人堅持要使用這種方式，可是他們中間有很多人請我幫他們割斷動脈。

我不喜歡讓自己的手沾上血跡，而且這樣做就破壞了這件事的意義。」

「是啊，那你最後沒有幫他們？」

「不該做的事情，我絕對不會做。」

「那麼，那些人最後選擇別的方式了嗎？」

「沒有。最後還是憑藉自己的力量做到了。不過在做到這點之前，我需要和他們交談很久。」

「原來是這樣。」

朱迪絲當時的神情，至今仍清晰地浮現在我的腦海裡。她流露出和初次見面時截然不同的東西，那就是生氣。自從認識她以來，她的臉上第一次流露出生氣。

「有時候，我會突然變得很興奮。對我來說，人生就是率性而為。我這輩子所在的地方，都不是我真正想去的。現在不同了。」

望著莫名其妙興奮起來的朱迪絲，我再次揣摩自己所做的事情的意義。她的嘴裡沒有含著加倍佳，而是像個初次學習電腦的學生，目不轉睛地盯著我的電腦。

遇到朱迪絲這樣的委託人是很幸福的事情。想起她，我的心裡就暖融融的。我又讓酒保給我倒了杯啤酒，咕咚喝了下去。然後我回到房間，洗澡睡覺。

……●……

第二天早晨，香港女人已經先我一步到達歌劇院門口了。她的裝扮和昨天不同，戴著黑色的太陽眼鏡，手裡拿著罐裝可樂。

「你打算帶我去哪兒？」

「美術史博物館。」

「好。」

她喝光了易開罐裡剩下的可樂，跟在我的身後。從歌劇院往西，那裡有美術史博物館和自然史博物館。四月的維也納，天氣還很冷。涼風吹來，我們不時蜷縮起身體。

美術史博物館專門收藏哈布斯堡王朝的藝術作品。對面是自然史博物館，聽說那裡曾經是王宮。站在瑪麗亞特蕾莎廣場，看著文藝復興風格的莊嚴建築，感覺裡面的收藏品也沒什麼意思了。但是，外面不時刮來狂風，我們還是決定走進溫暖的美術史博物館。我們把外套和包包存放在門口，輕鬆地走進了曾經只有貴族才能昂首闊步的長廊。

裡面的景象果然沒什麼意思。埃及國王的木乃伊和守護木乃伊的阿努比斯石像。四肢被砍掉的希臘戰士。他們都很壯觀雄偉。我們在西元前五世紀出土的庫若斯像前停下了腳步。

「是不是很美？」

「不，這些看似充滿力量的雕塑令人作嘔。」

她搖了搖頭。我們上了二樓。二樓展覽的主要是文藝復興之後的作品。我們懷著看風景的心情在美術館裡面穿梭。畫廊角落裡正在舉行特別展覽，「名畫中的性衝動」。我們沒有多想，徑直走進了展廳。

提香、魯本斯和卡拉瓦喬的畫作映入我的視野。畫面中的人物包括戰神瑪爾斯、艾洛斯、維納斯、宙斯等。我為這些畫家感到惋惜。他們不會描繪現實生活中人們可愛的樣子，只能透過神話的稜鏡去表達自己。我努力從中感覺性欲，可是感覺不到。過於精緻，過於隱祕，我什麼也感覺不到。我拉起了她的胳膊。

「我們走吧。」

她點了點頭。

「我肚子餓了。」

我們走進美術館門前的咖啡廳，吃了三明治。我喝了隨身帶的礦泉水，她喝可樂。

她比第一次見面時顯得更疲憊了。

「聽說香港的夜景很美。」

「應該比地獄美吧。」

我們都笑了。

「你這個問題很愚蠢，沒有人覺得自己生活的地方美麗。」

她說得不錯。我又喝了口水，然後抽菸。

「維也納之後，你打算去哪兒？」

她問道。

「去妳要去的城市。」

她瞪大眼睛，問道：

「我要去哪兒？」

「佛羅倫斯。」

既然她從柏林來，肯定要往南走。從這裡出發，花一晚時間便可到達的南部城市應該是佛羅倫斯。如果想去東歐，在柏林就可以直接去了。

「你怎麼知道的？」

「憑我的直覺。來自地獄的人能讀懂別人的心。」

「佛羅倫斯也許會暖和點兒。柏林和維也納太冷了。」

對於長期生活在香港這種溫暖地方的人來說，這樣的天氣大概就是嚴冬了。那天夜裡，她沒回自己的住處。

……●●●……

第二天，前往佛羅倫斯的火車上，我和她坐在熄燈的客房裡看窗外。這是能夠容納六個人的客房，那天卻只有我們兩個人。外面也是一片漆黑。火車經過倫巴底平原。臉上長滿雀斑的她不一會兒就睡著了。我翻來覆去無法入睡，呆呆地看著沉睡的她。

昨天夜裡，在維也納，她睡得那麼沉。剛剛做完愛，她就拿起床頭塑膠瓶裡的可樂，喝了起來。她不停地喝可樂，這樣能解渴嗎？我不知道。她喝了一口又一口，終於喝光了整瓶可樂……喝完以後，她馬上就睡著了，彷彿做完了所有該做的事。

與溝通有礙的人做愛是件很輕鬆的事。可以心無旁騖，跟著感覺走就好。她只是以粵語特有的聲調嘟噥了幾句。我沒必要去弄清楚她的意思，也沒這個義務。我覺得很輕鬆。她應該也是同樣的感覺。

火車到達義大利國境的時候，海關官員和員警上車檢查護照。她持的是以伊莉莎白二世名義頒發的護照。剛從睡夢中醒來，她就忙著找可樂，然而可樂瓶已經空了。她頓時慌張起來。我遞給她我的礦泉水瓶。她皺起眉頭，拒絕了。

「討厭。我不喝礦泉水。」

我這才想起來，自從見到她之後，還從來沒見她喝過水。她要麼喝可樂，要麼喝別的飲料。

「真奇怪，為什麼不喝？香港人不喝水嗎？」

她死死地盯著我的臉，目光中帶著銳利的敵意。我情不自禁將身體後傾。

「怎麼了？」

「你千萬不要勸我喝水，我不想喝水，絕對不要。」

她強調了兩次NEVER。我不喜歡她這種說話的語氣，心情突然很不快。火車經過義大利國境，在帕多瓦略作停留，然後繼續駛向佛羅倫斯。

後來我也睡著了。當我醒來的時候，依然是漆黑的深夜。隔著車窗，我看見閃閃發光的群星。我輕輕把窗戶敞開一條縫。火車飛馳的噪音很大。她沒有醒，還是睡得很香。也許是因為快到佛羅倫斯的緣故，夜風也沒那麼冷了。

這時，只聽得一聲巨響，接著傳來了尖銳的剎車聲，同時還有乘客包包掉落的聲音。她醒了。我站起身，腦袋探出車窗，什麼也沒看到。列車長正用義大利語和德語慌慌張張地說著什麼，可是我什麼也聽不明白。

「妳會說德語或義大利語嗎？」

「不會。」

我們靜靜地坐著，等待事情的進展。火車好像撞到了什麼東西，不然就是有人使用了緊急剎車裝置。我們茫然地坐在空空的客房，面面相覷地消磨時間。一個小時過去了，之後又是一個小時。

「你愛過別人嗎？」

她問我。

「沒有。」

「我愛過。我在百貨店工作，可以遇到很多男人。因為職業的緣故，我們不容易拒絕他們，不能生氣，只能微笑。我是負責銷售茶葉的，有個男人每天都來買茶葉，跟我搭話。我不知道他是為了和我說話才來買茶，還是因為每天買茶才和我說話。可是有一天，那個男人再也沒有來買茶，這就是我的初戀。從那以後，我就再也不喝茶了。」

「後來妳賣礦泉水了？」

她又怒視著我。

「你這個王八蛋！」

我被她口中冒出的髒話震驚了。她會用英語罵人。說完髒話之後，她示威似的從我手裡奪過礦泉水瓶，咕嘟咕嘟喝了起來。我心裡有點不安，看了看女人。她喝光瓶子裡的礦泉水，又瞪了我一眼，然後就到客房外面的走廊去了。我的目光追隨著她的舉動。她跌跌撞撞地往洗手間走去，卻在走廊中間摔倒了。很多人在客房裡等得不耐煩，紛紛聚集在走廊。大家看見她摔倒，立刻蜂擁到她身邊。我跑出去，推開人群，把她攙起來。我抱著她的後背，想把她扶起來，不料她彎下腰，開始嘔吐。我很尷尬，連忙回到客房拿來紙巾和塑膠袋。等我再回到走廊，她還在嘔吐。

火車已經停了兩個小時，也不應該暈車了。那是為什麼呢？她奪過我遞給她的紙巾和塑膠袋，將自己嘔吐的穢物清理乾淨，然後走進洗手間，對我說道：

「我不是說過了嗎？不要勸我喝水。」

「以後我會注意的。」

她去洗手間的時候，火車慢慢地開動了。義大利語和德語廣播又開始了。我還是什麼也聽不懂。

不知不覺間，我又想起了朱迪絲。關於各種各樣的自殺方式，朱迪絲考慮了很久，最後選擇了打開瓦斯管。我面露難色。

「這有點危險。」

「危險？哈哈。」

朱迪絲笑了。也難怪，我竟然對嚮往自殺的人提出危險警告。

「液化石油氣很重，會往下沉。如果這間公寓沒有完全密閉，說不定會滲透到下面樓層，要是有人踢開玄關門進來，很可能會發生爆炸。」

「那就爆炸好了，多精彩啊。不過我不想造成這樣的後果。你應該阻止這種事發生，不是嗎？」

也不是沒有辦法。只要稍等片刻，然後撥打一一九就行了。我這樣告訴朱迪絲，她終於放心了。我告訴她具體的安排。

「晚上十一點左右，妳要用布塞好窗戶和房門，不讓瓦斯外洩。然後你要拔掉電源，還有電話線也要拔掉。如果擦出火花，就會有爆炸的危險。接下來妳最好去鄰居家，告訴鄰居說妳要出去旅行，請他們幫忙照看房子。如果有意料之外的客人來找妳，妳的鄰居就會告訴客人說妳出去旅行了。妳還要寫一份遺書，也可以事先寫好。只要有遺書，就能輕易判定為自殺。遺書盡可能寫得具體一點。如果寫得不具體，遺書反而容易引起員警的懷疑。員警判斷是自殺和他殺的重要依據就是有沒有遺書，其次是遺書的內容。要是他殺的話，別人冒寫的遺書內容通常很模稜兩可。最好具體提到身邊的人物，某某，我對不起你，上次我怎麼怎麼對你，讓你傷心了，很對不起，類似這種形式。對我來說這樣會讓事情容易一點。」

「這有點難。」

「如果妳覺得難，可以從我保存的檔案裡面挑選一篇適合妳的。不過，這畢竟是最後的遺言，還是親自寫更好。」

她馬上就開始寫遺書了。她寫得很認真，中間撕碎了好幾張紙。我一邊看電視，一邊喝威士忌。

⋯⋯⋯⋯

我們到達花都佛羅倫斯是上午十一點，延誤了大約三個小時。我們下車後，首先去買她要喝的可樂。她像中了邪似的狂喝可樂。我們慢慢地走向佛羅倫斯的象徵，聖母百花大教堂。白色和灰色大理石裝飾的巨大教堂前面，有個同樣以大理石修建的洗禮堂。那個建築物外形像塔，四面各有一扇門，上面有吉貝爾蒂等文藝復興時代雕塑家製作的浮雕裝飾。

「我討厭塔。」

她抬頭看著百花大教堂的鐘樓，說道。

「為什麼？」

「那令我想吐。」

我們坐在大教堂前的臺階上，抽著菸。她把抽了半支的香菸撚碎，扔到地上，說道：

「當你深愛某個人的時候，就會嘔吐。」

「難道妳愛上塔了嗎？」

「傻瓜，沒有人會愛上塔。我想看看舊橋。」

她指給我看旅遊指南上的舊橋照片。我和她經過烏菲茲美術館，走到舊橋。舊橋上排列著許多房子，經過幾個世代，早已變得千瘡百孔了。

「我很想看這座橋，很久以前就想了。」

「妳以前就知道這座橋嗎？」

「我的房間裡掛著英國航空公司發的掛曆，一月份的照片就是舊橋。稀稀落落地排列在橋上的房子很好看，還有日落的風景。這座橋很美，不是嗎？」

但是，這座橋並沒有那麼美麗，看起來像即將拆遷的貧民窟，不過的確保留著漫長歲月的痕跡。

「看到所有東西都不由自主地混在一起，感覺很好。而且這裡很溫暖。」

她的聲音帶有濕意。的確如她所說，佛羅倫斯比維也納溫暖得多。我們去了跳蚤市場和幾個美術館，回到了我們住的廉價旅館。她一回到房間就洗澡，換了衣服。我喝了從超市買來的不太冰的易開罐啤酒。

「地獄裡怎麼做愛？」

她一邊喝啤酒，一邊問我。

「地獄裡不做愛。」

「說謊，地獄裡恐怕除了做愛沒有別的事了吧。」

「妳為什麼覺得我在地獄裡只能做愛呢？」

「因為我覺得噁心。」

「那妳為什麼要和我做愛？」

「偶爾也有想把胃裡的東西吐出來的時候，不是嗎？雖然我不想，但是胃裡常常塞滿了亂七八糟的東西。每當這時候，我就找人做愛。」

「離開百貨店之後，妳做什麼？」

「我在酒吧工作。」

「酒保？」

「不，我年紀太小，他們不讓我做酒保。」

「那妳做什麼？」

「人體模特兒。」

「人體模特兒？」

當時我想起了電影《神氣活現》。主人公愛上了人體模特兒，結果人體模特兒竟然變成了人。難道人是比人體模特兒更優越的存在嗎？

為什麼卡通片裡的妖怪和機器人，因為不能變成人而焦躁不安呢？

「我是坐在酒吧裡的人體模特兒。不是坐在酒吧門前的椅子上，而是坐在吧檯上面。」

「坐在上面幹什麼？」

「我穿著用紙做的衣服。」

「挺有意思的工作。」

「那件紙衣服是由紙片組成，目的是讓人一片一片撕掉。每張紙片上都寫著價錢。人們看著我喝酒，付錢，根據價格摘掉我身上的紙片。我不能說話，但大家總是想跟我說話，想看有人從我身上摘掉紙片時，我的表情會有什麼樣的變化。」

「換成是我，也會這樣。」

「是啊。可是那時候我年紀太小了，不了解這種心情。人真是奇妙的動物。只要穿上那件破破爛爛的紙衣服，整個人就會變得很奇怪。那些人露出淫蕩的目光，從我身上摘紙片的時候，我雖然心生厭惡，偶爾也期待有人剝光所有的紙片。酒吧關門的時候，如果我身上還有紙片，我甚至會感到難過。那些破破爛爛的紙片，那些再也不能換成金錢的破爛紙片貼滿了我的全身，我坐在那裡，成了個人體模特兒。這樣的心情你能理解嗎？你不會理解的，誰都無法理解人體模特兒的心情。」

「是啊。」

「有一天，來了個男人。從那天開始，他每天都在我面前喝酒，什麼話也不說。他喝完一瓶啤酒，摘掉黏在我左側乳房前三十港幣的紙片，然後看著我裸露的左乳再喝一瓶啤酒。第二天是這樣，第三天還是這樣。他應該是個無所事事的公司職員，穿著皺巴巴的西裝，打著劣質的領帶。我真想把左乳送給那個男人，讓他撫摸，吮吸著入睡。可是我不能，如果我和男人睡覺被發現，我的胸部就會被砍掉。就這樣，他有一個月的時間每天都來看我，看我的左乳，然後就走了。我幾乎快要瘋掉了。」

她奪過我的啤酒罐，喝了一口。

「有一天，又一個男人出現了。他穿著亞曼尼的西裝，看上去像個流氓。那個男人坐在我面前，摘掉了標價為三百港幣的紙片，那是價格最貴的一張。黏在其他部位的紙片都保留著，他只摘掉了最貴的部分。我反倒沒覺得有多麼羞恥。他從最貴的紙片開始，最後摘掉最便宜的紙片。然後，他做了個手勢。有人走過來，給我穿上衣服，讓我上了車。這是第一個把我身上的紙片全部摘掉的男人，我覺得我應該愛他。」

她喝著塑膠瓶裡的可樂，發出咕嘟咕嘟的聲音。

「我住在他家裡。我仍然穿著紙衣服，只為他一個人穿。每次他都給我錢，然後摘掉紙片。我等於是為他工作，但是從來沒有和他上過床。和他生活的三個月裡，我喝他的精液超過一升。他從來不插入我的身體，只是把我身上的紙片全部摘掉，然後讓我跪在他的面前，喝他的精液，然後睡覺。每當這時，我就喝礦泉水。在那個男人家裡，我喝的好像也是Evian礦泉水。他的家裡總是充滿了精液的味道，後來連礦泉水裡也有了精液的味道。不知從哪天起，我開始收集他的精液。他覺得很有趣。因為我說要保存一段時間再喝。他射完精，我用空礦泉水瓶收集他的精液，放進冰箱。當他的精液盛滿礦泉水瓶的時候，我又一次穿上了紙衣服。他給了我錢，然後把紙片全部摘掉了。他坐在椅子上，等待我跪在他面前。我繞到他身後，用槍對準了他的腦袋，逼他喝光滿滿一瓶精液。他吐了。我扔下他自己逃跑，於是就有了這次旅行。」

她的故事裡摻雜著虛構的意味。但是，我不知道從哪兒到哪兒是謊話，也許是最後的部分吧。也許她是被那個男人拋棄了，也許她每天夜裡都想像著拿槍瞄準男人，強迫他喝下自己的精液。不管她說的是不是真話，不管有多大程度的虛構，總歸有一點是真的，那就是她喝水就嘔吐。我決定安慰她。

「原來我們都是逃亡者。」

「你為什麼逃亡？」

「我沒有遇到像妳這麼窘迫的狀況，我總是在逃避自己。地獄裡就是這樣。」

「你也嘗嘗自己的精液吧，那樣你就不用再逃跑了。」

她淒涼地笑了笑，坐上了我的膝蓋。我們的四條腿相互糾纏，面對面坐著接吻。她和我之間，存在著能不能喝水的間隔。那是無法跨越的河流，即使我們接吻，即使我們的肉體相互纏繞，也無法走近對方。

我們坐著接吻之後，扭動著身體站起來。她尋找可樂的手碰到了 Evian 礦泉水瓶。也許她在黑暗中把礦泉水當成了可樂。我沒有理會，繼續吐好了。吐累了，以後就不會再吐了。

第二天，我們分道揚鑣。我要轉道布林迪西去希臘，她要去威尼斯。幸好前往布林迪西的火車先到了。她在月臺上朝我揮手，不知道現在她有沒有回到香港。

……•••……

我回到電腦前，重新打開資料夾。我要修改小說的最後部分，希望趕在天亮之前完成。因為夜晚開始的工作如果熬到太陽升起，我的節奏會被打亂。我決定不再去想朱迪絲和香港女人，繼續埋頭工作。

IV.
美美

「倦怠不再是我的至愛。」

——A·蘭波（Arthur Rimbaud）《壞血統》（*bad blood*）

K打來電話的時候，C直覺到K要告訴自己有關朱迪絲的消息。在C的生命裡，不祥的消息總是在清晨傳來。K的聲音很平靜。他說朱迪絲安詳離世了。K沒有絲毫責怪之意。這讓C心裡更不好受。於是，C只好靜靜地聽K說話。掛斷電話之前，K還沒忘了問C：

「她和你出去旅行那天是她的生日，哥哥你知道嗎？」

「我知道，但是我不相信，後來才相信了。」

「直到她死了，我才知道那天是她的生日。」

K沒有等待C的回答，就掛斷了電話。C看了看手錶。上午十點。他拉開窗簾，陽光立刻充滿了他的房間。他走到陽臺上抽菸，腦子裡仍然空空蕩蕩。他靠著欄杆向下張望。從二十層的高樓上俯視世界，世界仍在正常運轉。沒有人會在這個早晨想起像朱迪絲這樣的女人。他把菸頭撚滅，走進廚房，從水槽裡拿出昨天晚上堆放的餐具，清洗乾淨，然後整整齊齊地擺放在碗盤架上。

瓦斯爐上的水沸騰了。他沖了咖啡，一邊喝一邊吃著前天買回來的法國長棍麵包。報紙角落裡刊登著今天即將開幕的展覽會消息。報導也提到了他的參展作品，但是只有短短兩行。早餐結束之前，他就全部看完了。這則報導和展覽會主辦方發給各大媒體的資料相比，只是稍作修改罷了。發現這個事實之後，他對報紙上的其他報導也不怎麼信任了，於是他只看了頭版頭條，然後就合上了報紙。

C又想起了那個大雪紛飛的日子。五個月前，她乘坐鏟雪車離開了，卻在他的腦海中越來越清晰，越來越真實。他感覺到五個月來早已忘卻的她再次闖進了他的生命。他蜷縮在沙發上，回想著朱迪絲。但是，他怎麼也回想不起朱迪絲的長相等具體的東西，只有北極、加倍佳、圓圓的雪球、枯燥無味的性交在他的腦海中若隱若現。

這時候，電話鈴響了五聲，之後自動答錄機啟動了。他的臉上塗滿刮鬍膏，聽見答錄機裡傳來她的聲音：

「你在嗎？我現在上去。」

刮鬍刀在下頜的某個部位劃出了傷痕，鮮血混合著白色的泡沫，變成了粉紅色。他沒在意，繼續刮鬍子。他重重地拍了拍自己的臉頰，塗上了Old Spice乳液。傷口火辣辣地疼。回到房間，他簡單地披了件衣服。這時，門鈴響了。

美美沒有打招呼，而是把鼻尖湊到他面前，做勢欲聞。她點了點頭，不知道什麼意思，然後脫掉長靴，扔在地上，身體深深地埋進了沙發。她蜷起身子，雙手抱膝。

「咖．啡。」

她好像透露什麼祕密似的低語道。

「現在沒有磨好的咖啡……要不要喝檸檬茶？」

她搖了搖頭。

「那你現在去磨，我等著。」

C沒有說話，認真地磨起了咖啡豆。他磨咖啡的時候，她在唱歌。她總是喜歡哼唱些聽不出什麼內容的曲調。他磨好咖啡豆，放在虹吸壺裡等待咖啡出來。她一動不動地坐在沙發上唱歌。他把咖啡倒進青瓷杯，遞給美美。然而美美卻沒有去碰，只是呆呆地坐著，凝視著陽臺方向。

她望著陽臺，問道。

「今天要做吧，是不是？」

「今天？」

他反問了一句。她點了點頭。

「我要做，今天一定要做。」

她站起來，開始脫裙子。他抓住她的手腕，說道：

「沒必要現在就脫，先喝咖啡吧。」

然而她還是脫掉了裙子和毛衣。

「但是也沒有必要穿著，給我拿件浴袍。」

他遞來一件有些寬鬆的浴袍。她穿上了，臉上流露出舒服的神色，悠然自得地拿起了咖啡杯。

「咖啡味道很好。」

她用右手端著咖啡杯，左手伸到腦後，摘掉了別在頭上的髮夾。她的褐色頭髮蓬鬆飄逸，彷彿充滿了整個房間。他感到輕微的眩暈。她輕輕地搖了幾下頭，想要抓住散亂的頭髮。淡淡的洗髮精香味從她的頭髮裡飄散出來。他舔了舔牙床。

……●●●●●●……

三個月前的某一天，C坐在大學路一家咖啡廳裡。這家咖啡廳對面還有一家咖啡廳，中間隔著狹窄的消防通道，僅能容得下兩輛汽車擦著後視鏡通過。他想不起來自己為什麼大清早就坐在這裡等人了，也許是為展覽會做準備。過了一個小時，約好見面的朋友還是沒有露面。那個朋友總是這樣。他明明知道朋友經常遲到，還是每次都準時赴約。等待的時光很愉快。這段時間可以什麼事也不做。讀讀閒書，看看來來往往的人群，這都很有趣。至少在這個時候，負債的感覺不會來糾纏，他也可以擺脫必須工作的責任感。相反的，讓別人等待自己卻是很不爽的事。那段時間會讓人變得急切而卑屈。也許是這個緣故，C總是等待別人。

咖啡廳明亮的玻璃窗為人們提供了清晰的視野，對面的咖啡廳也不例外，看起來就像照鏡子。他坐在靠路邊的位置，注視著對面的咖啡店。那裡坐著個身穿灰西裝的人，一邊喝咖啡，一邊悄悄地瞥向這邊。他和灰西裝偶爾會目光相遇。每當這時，他都感覺極不自在，連忙把視線轉向路上的行人。那些人也不時地往咖啡廳裡看上一眼，偶爾也會和他目光相遇。於是，他眼中的玻璃窗就變成了電影銀幕。他是演員，在電影裡扮演喝咖啡的人，而外面那些人就成了觀眾。或者，也可能反過來。路人甲，路人乙，路人丙……大部分路人把角色扮演得很好，自然而然地走過去。小部分人卻像新加入劇組的臨時演員，忍不住抬頭去看看「鏡頭」。每當這時，他就感覺很不舒服。就這樣，他一會兒是演員，一會兒是觀眾，同時等待著朋友的到來。

當他厭倦了這個遊戲的時候，就開始構思參加展覽會的作品。這時，他想到的還只是簡略的綱要，只是決定拿出影像藝術和裝置藝術結合的作品。他沒有想到具體的主題和技巧，只不過是消磨時間罷了。他的構思時而龐大到像克里斯多・耶拉瑟夫（Christo Jaracheff）那種環境藝術，用布遮住太平洋上的小島之類，時而又縮小為只有兩台攝影機和一台麥金塔電腦的現實。當他三次往返於太平洋和自己的工作室之間時，有個女人走進了對面的咖啡廳。女人長長的直髮被風吹起，如噴泉湧起，隨後又散落下來。直到如今，他對這個場面仍然記憶猶新。他的眼睛瞇成了縫，追尋著女人的身影。女人走進咖啡廳後，接過盛放咖啡的托盤，坐在與他正面相對的位置。女人上身穿著皮夾克，下身穿著短褲。透過明亮的玻璃窗，他可以清晰地看見女人的腿。他目不轉睛地盯著她。

這個女人有點與眾不同，不是因為她的打扮特別，也不是因為她的姿態慵懶。他認真想了很久，思考著究竟是女人的什麼地方吸引了自己。菸灰不堪重負，差點落進了咖啡杯，這時他終於讀懂了她的祕密。她是個完美的演員。她根本就沒往他這邊看，只是慵懶地迎接著撲面而來的陽光，靜靜地喝著咖啡。她也沒有看書或翻手提包，更沒有補妝。她全神貫注，彷彿努力把自己投射到玻璃窗這個銀幕上面。每次低頭的時候，她會輕輕撫摸吹落胸前的濃密頭髮，然後拂到後面，這是她僅有的動作。

「久等了吧？」

他隔著兩扇玻璃窗，聚精會神地偷窺對面咖啡廳裡的女人，直看到兩眼發酸，他等待的朋友才姍姍來遲。這個人是仁寺洞G畫廊的經理，擔任這次展覽會的總策劃。畫廊經理坐下來，沿著他尚未收回的視線，跟著看向對面的咖啡廳。

「那個女人怎麼會在這兒呢？」

畫廊經理咂著舌頭，走進對面的咖啡廳，帶著C注視很久的女人來到了他們的桌前。他有種不現實的感覺，彷彿看到了老虎跳出畫面的廣告。她通過了「銀幕」和「相機鏡頭」，徑直坐在他對面的位置上看他。這讓他有點兒心慌意亂。

畫廊經理向他介紹起這個女人。

「認識一下吧，這是柳美美小姐，你知道吧？」

他們互相朝著對方輕輕點頭。C知道她的名字。他聽說過她在自己缺席的幾次聚會上表演的行為藝術，但是他從來沒想過會和她以這樣的方式見面，所以他默默地坐在那裡，等著朋友繼續說話。

「有人提議在展覽會開幕那天加入表演節目，於是我們打算邀請柳美美小姐。這次的作品大部分都是有關影像和裝置的作品，所以很適合加入表演。」

畫廊經理似乎對他盯在女人身上的目光感到不快，一邊說話，一邊瞥他。從近處看，女人的臉色多少有點蒼白，眼部的濃妝散發著頹廢的美感。她有三十出頭的樣子，而且跟朱迪絲有點兒相像。彷彿對整個世界都失去興趣的朱迪絲和信心滿滿的柳美美，兩人之間似乎並不存在外貌上的共同點。那麼，難道是神似？還是姿態？抑或是看人的眼神？當時，他努力探索這個共同點，內心很混亂。

畫廊經理繼續詳細說明展覽會的策劃意圖和意義，但是女人顯得漫不經心。她的態度使展覽會的宏大主旨顯得蒼白，畫廊經理有點兒不知所措了。直到畫廊經理差不多說完的時候，他才詢問女人的意願。看似肯定會拒絕的她，竟然出人意料地點了點頭，很順從的樣子。畫廊經理好像對她的應允頗感意外，連忙去看C的臉色。這種時候他似乎應該說些什麼，於是便客套了幾句：

「謝謝，相信這次展覽會肯定會很精彩。」

聽完C的話，女人依舊只是淡淡地微笑，沒有回答，然後提了個問題：

「您是做哪行的？」

問題來得突然，他不知如何回答。正在猶豫不決的時候，畫廊經理替他答道：

「啊，妳說他啊？他在大學裡學的專業是西方美術，最近從事影像和裝置藝術領域的工作，他的飯碗應該算是影像藝術吧。」

畫廊經理看了看C，似乎在徵求他的同意。他漫不經心地點了點頭。

「這次展覽會，您參展的作品是什麼？」

她摻雜著倦怠感的眼神裡泛起了些許的生氣，當然沒逃過他的眼睛。

「不，現在還處於構思階段，沒有確定的作品。」

「哦，原來是這樣。」

說完，她又恢復了原來的表情。她噘著嘴唇，用吸管喝擺放在面前的奇異果汁。他看著女人，想像著流進她食道的綠色液體擴散到身體各個角落的情景，彷彿看見奇異果汁滲透她的每根毛細血管，她的身體變成了綠色。這個形象讓C想起自己常看的十七吋顯示器的畫面。他注視著那幅畫面。女人喝奇異果汁的場面被模模糊糊地捕捉到了這個顯示螢幕。畫面漸漸清晰，終於和現實中的她重合了。他睜開了眼睛。她依然在他面前喝著奇異果汁。他屏住呼吸，向女人提了個有點唐突的建議。

「美美小姐，您願意和我合作嗎？」

女人對她的提議並沒有表現得太驚訝，不過多少有些楞住了。她把滑落到胸前的頭髮捋到後面，挺直了腰板。

「什麼？您的意思是……」

「用我的影像捕捉美美小姐的行為藝術，方式就像藝術家白南准的『電視大提琴』。我拍下美美小姐的行為藝術，經過編輯和轉換後製成作品。等到展覽會開幕那天，美美小姐按原計劃表演行為藝術，我在舞臺後面展示我的作品。簡而言之，就是行為藝術和影像藝術的相遇，您覺得怎麼樣？」

他的手心裡已經滲出了汗珠。本來他還沒有具體的計畫，但是既然說出來了，那麼為了徵得美美小姐的同意，也只能順勢胡說八道一番了。把美美小姐收進鏡頭的衝動驅趕著他，難以抗拒，他已經感覺到了。他隱隱地察覺到這種衝動裡摻雜著危險的誘惑氣息，但是他無法抵抗。她默默無語，直視著他的眼睛。

「您會騎自行車嗎？」

女人打破了良久的沉默，問道。

「當然會。」

面對突然轉換的話題，他有點兒不知所措，慌忙回答道。

「想要教我騎自行車的人很多。他們為什麼要教我騎自行車呢？騎自行車是很難自行領悟的運動。他們在我身後操縱自行車，如果他們鬆手，我就會搖搖晃晃地摔倒。只要有人說要教我騎自行車，我就會仔細觀察那個人。」

C不知道女人為什麼突然提到自行車的話題，呆呆地盯著她，等待下文。

「您說透過影像捕捉我的行為藝術的時候，我為什麼會想起那些想要教我騎自行車的人呢？啊，我也不知道。我還從來沒在照片或影像中看過自己的行為藝術。也許是因為沒有嘗試過才這樣吧？不知道為什麼，我感覺這件事比學騎自行車更危險。」

她頓了頓，拂了拂頭髮。

「試一試吧，我這個朋友的作品很不錯的。」

畫廊經理在一旁插嘴說道。

她的臉上露出有氣無力的笑容，說道：

「今天真的很奇怪。有時候就是這樣，什麼事都很難拒絕。」

她從手提包裡拿出一張紙條，寫下了自己的電話號碼，然後遞給他。

「那我先走了，打電話給我吧。不過，說不定我會改變主意的。」

轉眼間，她纖細的背影就消失不見了。

「這個女人有魅力吧？」

畫廊經理笑嘻嘻地說道：

「生物身上的鮮豔色彩大致可以分為兩類，一種是為了誘惑別人，另一種是為了保護自己不受敵人的侵害。」

「這個女人屬於哪一類？」

C問畫廊經理。

「不知道，想得到這個答案，只有一個辦法，那就是接近她。呵呵。不過真奇怪，她本來是出了名的不允許別人拍照的女人，你知道嗎？」

「不知道。」

他搖了搖頭，這件事他還是第一次聽說。

「她從來不允許別人拍她，所以只能親自去看她的演出。看過的人都說非常精彩，沒看過的人只能猜測，也許傳來傳去就更了不起了。不過你還是小心為妙，很多人接近這個女人之後都變得不正常了。」

即使沒有聽到畫廊經理的警告，他的心裡也蠕動著對美美本能的警惕。他當然不會忘記，每次把他推下懸崖的都是曾經吸引過他的東西。首先是充滿誘惑的債券，第一個讓他沉迷的就是標本蝴蝶。直到現在，他仍然幻想著滿身都是昆蟲針的蝴蝶，來生來世也會這樣帶著針飛舞。

但是，他為什麼要給自己最愛的東西插上針呢？如果放在此時此刻，他斷然不會這麼做。當時他卻這樣做了。也許誘惑他的不是蝴蝶本身，而是捕獲的快感。

某個春日，所有的蝴蝶都化成了灰燼。廚房裡冒出的火焰瞬間吞噬了整棟房子，他從學校裡回來，想到自己的蝴蝶，情不自禁地放聲痛哭。他哭得很傷心。媽媽安慰他說：「親愛的，房子燒毀了，我們可以重新再蓋。」聽了媽媽這句話，他哭得更傷心了。

⁘

K趕到她公寓的時候，已經找不到她的痕跡了。這裡換了新來的住戶。K坐上停在停車場裡的 Stellar TX 計程車，聽著收音機裡的無聊節目。早晨和哥哥通話的記憶令他頗為不快。哥哥好像已經聽說了報紙上刊登的事件，反應很平淡。不管怎麼說，畢竟是和他有過肌膚之親的女人，不是嗎？K無法理解哥哥。一周之前，世妍服下安眠藥，然後打開瓦斯自殺了。最後見到她是在五個月之前，從那之後他們沒有通過電話，也沒有寫信。

世妍和哥哥之間究竟發生了什麼事？可以確定的是，哥哥對於她的死因也是同樣的無知。

K發動了汽車。機油的焦味隱隱散發出來，但是K並不介意。直到在京釜高速公路收費站拿到通行券之前，他根本不知道自己要去哪裡。離開收費站後，K的計程車發出刺耳的聲音，加快了速度。K超越剛剛通過收費站的車輛，進入快車道，感覺有種力量正在往後拉扯自己的身體。這種感覺很陌生，很淒涼。他踩下了油門。

K把幾天前在地攤買來的卡帶塞進了播放器，再把音量調到最大。擴音器的高音域製造出近乎扭曲的怪聲。K打開四扇車窗，外面傳來了汽車行駛的聲音和他的擴音器裡發出的變形聲音，兩種聲音相互混合，他沒有精力想別的事情。K先去了釜山，然後又回到漢城，往返了兩次。儘管這樣，他還是沒有睏意。他的眼睛已經紅腫得厲害，然而當他把車停靠在路邊，想要小睡片刻的時候，還是睡不著。

……

工作室裡還沒有做好拍攝她的準備。C匆忙檢查燈光，固定好兩台數位攝影機。他把靠前邊的大型畫布鋪在地面，然後開始準備水彩。水彩準備好了，女人脫下浴袍，在衣架上掛好，赤裸裸地走向畫布。白色的畫布上空空如也。她輪流打量著白色畫布和攝影機，蹲下來觀察著畫布表面。她似乎對這種粗糙的質感很滿意，臉上露出了淡淡的微笑。

白色畫布。關於原始人最早進行藝術活動的原因，有人認為是潛藏於人類內心深處的白色恐怖。空蕩蕩的白牆壁本身已經夠恐怖了，所以小孩子都喜歡在牆上亂塗亂畫，或者用刀劃破新車表面。人們害怕沒有家具、沒有圖畫的房間，於是不停地裝飾和填補房間。深夜裡打來的電話，話筒另一端靜悄悄的聲音總會令人難以入眠。

關於藝術源於恐怖的說法，他在剛開始學習繪畫的時候很感興趣。尋找不到源頭的內心恐懼可以透過藝術得到控制，這對靠藝術吃飯的他來說，也算是小小的安慰了。但是直到現在，他偶爾還會問自己，我究竟在害怕什麼？

C透過攝影機鏡頭捕捉到了畫布和美美。美美似乎有些不放心，還在畫布周圍踱步。

「好了，開始吧。」

他對美美說道。

美美猛地轉過頭來，說：

「給我一點酒好嗎？」

她對著瓶口，喝了三口威士忌。

「不要再喝了。」

他奪過威士忌酒瓶，遞給她水彩桶。美美雙膝跪地，把飄逸的秀髮探入水彩桶。他就從這個場面開始攝影。她把頭髮仔細染上水彩，緩緩起身，走上畫布的左上角。從這時起，女人利用自己的頭髮作畫。繪畫的時候，她的手和膝蓋也染上了水彩，白色的畫布漸漸被藍色占領了。

攝影機分別從正面和側面捕捉著她的每個動作。她的頭部繼續劇烈動作，到達畫布中間位置時，她突然站了起來。水彩染濕的頭髮亂蓬蓬地滑落，沾在頭上的水彩沿著她的身體流淌下來，潤濕了她的身體。水彩流過乳峰之間，也沿著脊背流到臀部中間的溝壑。她神情肅穆地揉著自己的身體，試圖讓流淌的水彩覆蓋全身。她的身體已經變成了藍色。

「別看鏡頭。」

C盯著鏡頭，大聲說道。但是女人毫不在意，仍然正視著鏡頭。最後，她用沾滿水彩的手撫摸自己的臉頰。女人直視鏡頭的瞬間，他感覺冷森森的氣息滑過自己的脊背。

他有種莫名的罪惡感，後退了幾步。

「我們先休息一會兒再拍吧。」

他擦了擦額頭的汗珠。她似乎回過神來了，深深地歎了口氣，走出畫布。

「要不要洗一洗？」

她搖了搖頭，然後又喝剩下的威士忌。

「你和別人不一樣。」

她從酒瓶上移開嘴唇，說道。這是他第一次從女人嘴裡聽到「你」的字眼。她的身體就像墓地附近的篝火，散發著熊熊的光芒。女人的臉頰變成了藍色，繼續喃喃自語：

「我遇到過很多男人。我跟他們睡覺，有時還共同生活。但是，那些人都受不了我，為什麼呢？為什麼你可以忍受我呢？你和那些人究竟有什麼不同？」

她漸漸鬆弛下來了。也許不是因為酒精，而是因為她做出的瘋狂舉動。他有些羨慕在工作中逐漸自我陶醉的女人。至少在工作的時候，他不能像女人那樣徹底投入。那麼忘我。

……•••……

在咖啡廳見面後的第三天，美美第一次來到C的公寓。他們在工作室裡看了他的作品錄影帶。她顯得很有興致。面對著錄影機，女人失魂落魄，遲遲不肯離去。看到這樣的情景，他才意識到女人和祕魯插畫家伯里斯・瓦耶霍（Boris Vallejo）的畫中人物非常相似。但是，他想不起那幅畫叫什麼名字了。那時候，他習慣記住某種形象，而不是文字。

「我喜歡行為藝術，或者說默劇。」

「影像藝術也很有趣。」

他小心翼翼地說道。她不同意。

「這樣只是透過鏡頭看其他東西，編輯之後再經由螢幕播放，不是嗎？剪輯和篩選的瞬間，已經不是原來的實體了。」

「這樣想也有道理。不過藝術這東西就是現實的濾鏡，不是嗎？繪畫也好，雕塑也好，都是以某種方式重塑了現實，使其更接近真實。或者也可以說是反映現實。」

C看了看女人的神情。女人也不甘示弱。

「行為藝術就不一樣了。我和觀眾直接面對面，透過觀眾的目光，我可以看到死亡和愛欲。從觀眾目光中看到的東西不同，我的行為藝術也會因此有即興的變化。如果藝術的目的是要表現美，尤其是活生生的美，那麼行為藝術以外的藝術不就都是虛偽、妥協、渴望永恆的垃圾了嗎？對於行為藝術的攻擊全部都來自於對真正美麗的恐懼感。出於對永恆的執著，人們把真正的美做成標本。他們都是被死亡藝術馴服的奴隸。」

她的聲音越來越高，有點歇斯底里了。

「永恆，永恆怎麼了？如果真的可以永恆，那不是很好嗎？」

她輕蔑地看了看他。

「好吧，我們不要爭論了。但是，我不想強迫自己從事死亡藝術。人生短暫，單是自己想做的事都做不過來了。」

「妳為什麼害怕影像？」

女人瞪大眼睛，反駁他的問題：

「害怕？我只是不喜歡罷了。」

「恐懼常常披著厭惡的外衣。要想學會騎自行車，必須將把手朝著傾斜的方向旋轉，然後用力踩腳踏板。」

她良久無言，似乎在默默回味他的話。

「你不也是一樣嗎？你害怕我，害怕與真實的我迎面相對，所以你帶著攝影機，不是嗎？真正需要朝著傾斜方向旋轉車把的人不是我，而是你。」

她的語調越來越高，聲音卻漸漸失去了自信。他也不例外。

「那麼……」

他調勻了呼吸。

「那麼，妳為什麼接受我的建議呢？為什麼要來我的工作室？」

「是啊，我也不知道。」

她漸漸平靜下來，找了支菸，叼在嘴裡。

「我也想不明白。我常常覺得自己的工作透過其他媒介呈現的時候，就已經不屬於我了。其實呢，我還有個預感，假如這種事發生了，我極力把持的人生就會從底部開始塌陷。好笑吧？也許別人根本不覺得這是什麼大不了的事。不過，我好像也有點兒累了。偶爾也會茫然地期待，除了這種方式，我還能不能找到更好的辦法。」

「好，那我們就試一試吧。」

女人也同意他的建議。呼，她長長地吐了口煙圈。幽藍的煙霧在房間裡瀰漫開來。她的目光追隨著煙霧擴散的方向，緩緩移動。

「高三那年，我第一次跟男人上床。那個男人是我們的國文老師。他經常叫我出去，帶我去附近的旅館。有時是自習課，有時星期天他也找我。那是非常模糊的關係，不是強姦，也不是通姦。你知道吧？現在回想起來，我並沒有愛上那位老師。也許只是因為深受女生喜愛的男老師在我面前脫衣服，讓我感到驕傲吧。

「後來，我見到了那位老師的妻子。當時我正在上自習課，有個陌生女人叫我出去。我一眼就認出來了，她正是國文老師的妻子。那個女人非常有自信，跟我說話的時候面無表情。『妳就是那個孩子啊，真漂亮。妳喜歡老師嗎？』她問我。我點了點頭，並不是因為我真的喜歡老師，而是因為我不喜歡這個女人的冷漠，所以我故意讓自己顯得可惡。她就像對待自己的親妹妹一樣，心平氣和地對我說：『這樣做是不對的，尤其是不能上床睡覺，知道嗎？』你知道我是怎麼回應她的嗎？」

「不知道。」

他搖了搖頭，心裡猜測她應該是又點頭了吧。

「我放聲大叫。我瘋狂地叫喊，還一邊跺著腳。班裡的同學都跑到了走廊，連教務室的老師也都跑出來了。直到今天，我仍然忘不了女人當時的表情。她很平靜，看不出絲毫的動搖和慌張。怎麼會有這樣的女人呢？我很害怕，所以我喊叫得更大聲，最後連始作俑者國文老師也出來了。那個女人打了自己丈夫耳光，然後靜靜地走過操場，離開了。那一刻，所有的人都明白發生了什麼事。第二天，國文老師沒來上班，聽說他離婚了。所有人都罵我，是不是很好笑？你不覺得好笑嗎？」

休息時間，美美走進浴室，洗淨了自己的身體。她小心翼翼地擦拭著身體的每個角落，彷彿恨不得舀來清晨的井水，舉行神聖的祭儀。她用洗髮精又洗了一遍頭髮，徹底洗掉了藍色水彩。

「然後是什麼顏色？」

「試試黑色吧，可以嗎？」

女人點了點頭，再次把頭探進了水彩桶。她跪在地上，撅著屁股，旁若無人地蘸上了水彩。進行行為藝術的時候，美美的頭髮失去了飄逸和柔滑，變成了單純的繪畫工具。每當看到此時此刻的美美，他總感覺藏在內心深處的性欲猶如壓抑不住的地雷，正在被人挖掘出來。這時，他要努力讓自己聚精會神地面對鏡頭。

畫布上的美美，身體變成筆桿，頭髮變成筆尖。C透過藍色鏡頭追尋著美美的身影。不知不覺間，他發現自己已經習慣於透過攝影機鏡頭觀察世界了。走路的時候他也喜歡透過鏡頭框定自己的視野，比起親眼所見，他更相信攝影機裡收錄的內容和自己的剪輯。不，不僅僅是相信，甚至算得上是迷戀。因此，攝影機又成了他的武器，成了他狹窄卻安全的避難所。也許這就是他無法走近這位充滿魅力的行為藝術家的原因。C仍想停留在他的世界，那個他所創造、反映和捕捉到的世界。美美再次哼唱起不成調的歌。他覺得美美像在哭。

最終，他還是沒能縮短他們之間的距離。世界和自己，物件和鏡頭，遇到的女人和他自己，他始終無法縮短橫亙其間的河流，卑微的絕望感向他襲來。他想起了去北極的朱迪絲。他終於明白，人過三十，愛就變成了一種能力。

•···••••···•

在經過龜尾市的京釜高速公路上行線，K的計程車以一百七十公里到一百八十公里的時速行駛在雙車道的公路上。突然，隧道出現在眼前，耳邊的噪音更大了，但是他已經感覺不到這些聲音。全體感覺器官都在退化，掠過臉頰的風、刺耳的音樂、睡眠的欲望、飢餓、速度感，統統遙遠如夢幻。他的計程車之所以沒撞上別的汽車，似乎不是因為他的理性判斷，而是出於本能。通過隧道的時候，擴音器突然發出啪的一聲爆響。耳邊響了十幾個小時的噪音猛然消失，他有些慌張。耳鳴似的聲響重重地敲打著他的耳膜。計程車從第一車道搖搖晃晃地切換到第二車道，衝到了路邊。他沒有踩剎車，而是輕輕地踩了踩油門，使得朝旁邊傾斜的車身恢復平衡，車輪稍微刮著了護欄，算是擺脫了危機。如果換成不熟練的司機，通常會緊急踩剎車，結果導致翻車。這種情況下，微微調節方向盤的角度，迅速地交替踩油門和剎車，讓車體恢復平衡才是當務之急。汽車恢復正常以後，他慢慢減速，把車停在路邊。擴音器壞了，現在只能聽過往車輛的聲音了。他感覺到從未有過的寂靜。這寂靜讓他不適應，於是他下車透氣。

應該去哪兒呢？

K問自己，但是沒有答案。他站在路邊，思考了很久，還是沒能決定該去哪裡。他意識到以前從來沒有這樣問過自己。每次都是先坐上駕駛座，踩下油門之後，才考慮應該去什麼地方。

……………

拍攝結束了。編輯工作快要完成的時候，美美來找他。她走進玄關，看起來有些憔悴。那個瘋狂擺動著身體的美美不見了，只剩下外殼，出現在他的眼前。

「這段時間還好吧？」

「我想起有人說過，如果被別人拍了照，靈魂就會飛走了。」

美美淡淡地開起了玩笑。那是長久不笑的人特有的不自然笑容。

他注意到美美臉頰的肌肉在輕輕地顫抖。

「進來吧。」

她慢慢走進房間，彷彿以前從未來過。她四下裡看了看，然後坐上沙發。

「喝茶嗎？」

「不喝。」

她搖了搖頭，茂盛的髮絲隨著頭部的搖動而四處飛舞。

「那妳想喝什麼？」

「錄影帶，我想看看錄影帶。」

「不行。」

他拒絕了。

「為什麼？錄影帶裡收錄了我的行為藝術，為什麼我不可以看？」

她的聲音在顫抖。但是，這句話聽起來不像哀求，反倒更像是獨白。好像演員內心的自言自語，原本別人是聽不見的，事實上卻需要讓人聽見。

「錄影帶裡的形象是妳，卻又不是妳。是我，卻又不是我。因為那是經過我的手，由我拍攝，由我編輯的作品。」

他感覺到某種施虐帶來的快感。儘管他沒有理由這樣做，然而他終究還是拒絕了美美的要求。

「這不是理由。我覺得我有權利看。」

「妳能解釋為什麼想看嗎？」

「可以，但是我不想說。拜託了，讓我看看吧。」

美美的聲音再次像獨白似的擴散開來。他改變了主意，找出錄影帶，放進了錄影機。倒帶的時候，美美輕咬著自己的指甲。

「妳有咬指甲的習慣嗎？」

C問道。美美大吃一驚，連忙收回了手指。

「這是小時候養成的習慣，很長時間不咬了，看來我又情不自禁緊張起來了。」

是的。那未經過濾散發出來的狂放，爆炸般的激情片段，也許這是她生平第一次面對真正的自己。

他播放的是編輯前的錄影帶。她眼睛眨也不眨，從頭到尾緊盯著畫面。他們像是在舉行什麼神聖的宗教儀式，客廳裡一片寂靜。就連已經看過幾十遍的他，也被這種氣氛感染，不得不屏住了呼吸。畫面上，她用黑色水彩在畫布上搖擺，整個身體都在畫布上馳騁。她的頭髮輕拂過乳房留下了痕跡，身體上的顏料又覆蓋了頭髮的痕跡。她始終在自言自語。他聽不清她說的是什麼。她就像美洲土著的薩滿巫師在念誦什麼咒語。

「關了吧。」

她用命令的口吻說道。他用遙控器讓錄影機暫停。美美從沙發上站起來，在客廳裡踱來踱去，像畫面裡那樣不停地自言自語，像是在唱歌，又像是詛咒。但是，她的視線始終盯著螢幕。

「我要帶走錄影帶，你不可以播放。」

「什麼？」

他猛地站起來。不經意間，他也模仿了美美的語氣了。

「不可以。」

「為什麼？為什麼不可以？」

美美的情緒反而平靜下來。他走到美美身邊，抓住她的肩膀，將她按坐在沙發上。她躲避著C的目光。

「我們的工作不能就這樣化為烏有。」

他勸說道，語氣堅定。人們對於某件事痴迷的程度，通常與花費的時間成正比。愛情、藝術，任何事物都擺脫不了這條法則。他一直是這麼認為的。

「妳為什麼這麼害怕影像？那裡的人物不是妳，而是經過加工的作品。妳的行為藝術有行為藝術的價值，而影像藝術也具備與行為藝術截然不同的價值。這些妳為什麼不能理解呢？」

「那麼……」

美美直視著C的眼睛，說道：

「那你為什麼怕我？」

她的嘴角露出淺淺的微笑。他有點兒慌張了。

「好吧，我也不期待你能把錄影帶給我，因為你更迷戀錄影帶裡面的我，而不是現實生活中的我。是啊，這是沒有危險也沒有痛苦的事情。你說得對，畫面上的我其實並不是我，那是你。」

她起身走向門外。他呆呆地坐在沙發上，注視著她的背影。他好像癱瘓了，所有的身體部位都不聽使喚。她就這樣走了。

⋯⋯⋯⋯

C病了三天。虛脫感纏繞著他全身。他靠喝啤酒度過了三天時光，又看了十幾遍錄影帶。

生病期間，他開始做錄影帶的剪輯收尾工作，在她的行為藝術中加入在議政府拍攝的巫婆跳大神的場面，以及畫家李應魯的文字抽象畫等，從而完成了作品。除了催他遞交作品的電話，沒有人找他。偶爾他會打電話給朱迪絲，然而接電話的人不是朱迪絲，而是電信公司的機械音，告訴他撥錯了號碼。分手很久的女人在接到他的電話時，聲音都壓得很低。他確信自己在她們心目中是個不好對付的危險男人。

美美離開以後，直到展覽會開幕之前，始終沒有和他聯繫。他遞交了作品，偶爾到畫廊去幫忙準備展覽會。他悄悄地向畫廊經理打聽美美的近況，然而畫廊經理也不知道。「也許她不會來了，電話也不接。」朋友聳聳肩膀，攤開雙手，流露出無可奈何的神情。每當遇到這樣的日子，回家以後他總是透過錄影帶看美美，直到天亮。

••••••••••••••••••

在新葛洞立體交叉道，K的計程車駛入了嶺東高速公路入口。大約十分鐘後，抵達龍仁自然農園[10]出口，並從這裡駛出了高速公路。他在崎嶇的彎道上行駛了五分鐘左右，趕到了龍仁汽車公園。K在停車場裡停好了車，突然產生了強烈的飢餓感，於是從附近商店裡買了漢堡，狼吞虎嚥地吃掉。他坐在看臺上，注視著行駛在汽車公園裡的汽車。那些汽車都很華麗。萬寶路和沙龍等菸草公司的標誌印滿了整個車體，裝飾得花不溜丟。大部分汽車都拿掉了消音器，即使開得很慢，也會發出噪音。

過去的五年，賽車是K心目中的神。但是，神一點都不仁慈，只為那些供奉祭品的人提供接近的機會。於是，被神選中的人在車道上縱橫馳騁。他們花費幾千萬元改造汽車，訂購特製輪胎，組裝自己的汽車。只要能快一秒，他們就會毫不遲疑地全力以赴。後排座位當然要統統卸掉。K能理解他們。對提高速度無益的零件，他們根本不願保留，哪怕重量只有一克。

以前修車廠星期天不營業的日子，K會駕駛著客人的車來這裡，吃著冷漢堡，打發

10 即現今的愛寶樂園。

一天的時光。有時這裡不是在練習，而是真正的實戰比賽。他看到幾輛汽車翻倒，甚至會產生刺激的戰慄感。就連那些從翻倒的車裡爬出來的受傷駕駛，也讓他羨慕得快要發瘋。

賽車的時候，衝出角落超車的車輛幾乎不用剎車，僅僅藉由調整方向盤和換檔超過前面的車。輪胎與地面摩擦，燃燒的氣味充滿了整個跑道。這時候只要稍微出現失誤，汽車很容易就會翻覆，或者脫離軌道，發生衝撞。那些賽車手比K更清楚這個事實。他們明知道再加速會有危險，卻還是情不自禁地猛踩油門。賽車之神需要這樣的祭物。獻出祭物以後，別的賽車手並不會感到不安。相反的，他們會放下心來。他們認為其他賽車手的不幸會減少自己出事故的幾率。如果換成是K，也會有同樣的想法。

但是，賽車之神根本沒為K提供這樣的機會。既沒有賜予他時速高達兩百五十公里的法拉利和藍寶堅尼，也沒有賜給他足以參加賽事的高規格汽車。得知這個事實後，K便去舍堂洞開起了計程車。從那之後，他再也沒來過這個地方。他曾經滿足於自己的

Stellar TX計程車。那時候他遇到了世妍。可是現在，她已經不在這個世界上了。

現在我要統統燒掉。K想起裝滿抽屜的汽車照片，已經都沒有用了。即使能背誦那些汽車的排氣量、最高時速和馬力，又能代表什麼呢？K回到停車場，坐上了自己的計程車。不管怎麼樣，不管怎麼樣，必須去找他了。

……●●●●……

展覽會開幕那天，美美出現在畫廊的門口時，全體參展作者都出席了簡單的招待宴會。她身上搭著黑色的披肩，耳朵上戴著華美的耳環，黑大衣直垂腳底。她的出現令在場所有的創作者和觀眾都屏住了呼吸。她邁著端莊的腳步走過，向每個人投去簡短的注目禮。

展覽會主持人做了開場白，然後輪到美美上場。美美走到他的參展作品前，轉身面對觀眾。在事先準備好的燈光和音樂的襯托下，她像女王似的俯視觀眾，然後走進了房間。燈光熄滅，開門聲響起。她出來了。腳步聲停止，燈光又亮了，她暴露出光芒四射的雪白胴體。身後的背景是他的作品，女人的頭髮和身上都塗滿了水彩，正在作品中展示她的行為藝術。她轉過頭，看了看他的作品，又轉過身，繼續表演自己的行為藝術。美美走上準備好的畫布，右手的銀色刀刃閃閃發光。她像小貓爬行似的緩緩爬到畫布頂端，似乎被什麼嚇著了，高高地舉起右手，朝著畫布刺了下去。「喀嚓」，畫布破裂了。觀眾席上流淌著沉重的寂靜，只有照在她身上的白色燈光忠實地突顯著畫布上的模特兒。

難道她是在跳刀之舞？她就像猛禽，動作時而無比緩慢，時而快得叫人難以預測。不一會兒，畫布已經被撕得支離破碎，變成了破布。她搖擺著身體，專心致志地撕扯著畫布。

畫布已經徹底粉碎，無法繼續撕扯的時候，她站了起來。她屹立於畫布之上，猶如自由女神像。她左手抓住濃密而誘人的頭髮，右手的刀粗魯地砍斷了頭髮。黑髮紛紛落上了被撕碎的畫布，漸漸堆積。他感到寒氣從腳底湧起，忍不住渾身顫抖。他把視線轉向自己的作品。作品中的美美正在白色畫布上揮動美麗的秀髮。他雙腿發抖。這時，現實中的美美已經剪完了看似永遠不會消失的長髮。她放下刀，跌跌撞撞地走向放衣服的房間。他在女人的背影裡看到了朱迪絲。望著美美的背影，他想起了朱迪絲。她在自己生日那天走向北極，消失在茫茫大雪之中。觀眾間響起了小心翼翼的掌聲，但是他無法繼續留在這裡了。

他踉踉蹌蹌地離開畫廊，走在仁寺洞的大街上。他想隨便找家茶館，坐下喝杯熱乎乎的綠茶，這時聽到身後傳來了美美的聲音。

「我朝著傾斜的方向轉動車把，現在只要用力踩踏板，就可以繼續前行了。」

美美頭上的黑帽子壓得很低。

「但你不行。」

他轉頭去看美美。單行道上駛過的車輛不時亮起車燈，掠過他們身邊。

「你知道嗎？我們是同類。」

「是嗎？」

「以前我從來不允許別人拍我，為什麼決定跟你合作呢？要不要我告訴你啊？」

「妳說吧。」

「去年冬天，我參加了一個詩人的咖啡館開幕活動，表演了行為藝術。這次表演沒有什麼特別之處，跟平時的差不多。我和那些人喝了點兒酒，就出來了。當時是晚秋時節，風很冷。我步行經過三個公車站。我也不知道自己為什麼要這樣，就這麼往前走。這時，一個男人走過來，問我喜不喜歡克林姆。我說喜歡。那個男人有點兒奇怪，我跟他認識兩天之後，就做出了自殺的決定。我沒有聽從男人的勸阻，選擇了在浴缸裡割破動脈的方式。理由？沒有任何理由。大家都以為自殺的人都有什麼重大的理由才選擇自殺，其實並不是這樣，也許只是因為那天表演的行為藝術。十年來，我一直以為自己從事的是真正的藝術，但是那天我突然發現，並不是這樣。我覺得自己從來沒有認真觀察自己，我感覺自己始終懷著逃亡之心走過人生。我告訴自己，不是這樣的，不是這樣的。但是我始終在逃避。我跟那個男人說出這些感覺。他什麼話也沒說，只是擁抱著我，靜靜地聽我說話。他的懷抱很寧靜，很溫暖，我似乎聞到了死亡的味道。見過那個男人之後，我才明白自己在逃避什麼。」

她背靠著建築物的圍牆，凝視著懸掛在天空的布條，繼續說道：

「我在浴缸裡放了水，脫掉衣服，進了浴缸。這時，我在鏡子裡看到了自己。怎麼會這樣陌生啊？我走進浴缸，接過他遞給我的刀，這時我很想再看看自己。於是，我從水中出來了三次。他在浴室門外溫柔地笑著說：『我說過了吧，這很不容易，洗個澡，快點兒出來吧。把刀給我。』我把刀遞給他，放掉浴缸裡的水。我擦乾身體，走出浴室，突然感覺頭暈目眩，倒在了地上。醒來的時候，我發現自己躺在他的懷裡。他一直醒著。我覺得自己獲得了新生。這時，他對我說：『我下次再來也不晚，妳先好好休息吧，妳需要休息。』接著他又說：『如果妳有什麼事覺得以後再也不會有機會去做，而且妳一直在抗拒，那就努力去嘗試一下。』我把我的故事說給他聽，還告訴他，我想透過自己的眼睛看我的行為藝術。這時，他說出了你的名字。你的畫廊經理朋友提議讓我參加展覽的時候，我在參展者名單裡看到你的名字，真的很開心。」

「那妳為什麼又讓我把錄影帶還給妳呢？」

「誰知道呢，也許是害怕自己被盛進可以複製的載體吧？而且我無法忍受這樣的錄影帶保存在你手裡，還不如跟我上床算了，這樣對彼此來說反而更輕鬆。」

他們沉默了許久。美美從他身邊走了過去，他沒有回頭。他又回到展覽會場。在會場門口，他看到一個很面熟、卻想不起是誰的男人。那個男人輕輕地朝他點了點頭，他也點頭回禮。但是，他仍然想不起這個男人是誰。他走過這個想不起是誰的男人身邊，來到自己的作品前。有個男人正在認真觀看他的作品。這個男人他能想得起來。

「你怎麼來了？」

「我有話要對你說。」

K看著C的作品，說道。

「是世妍的事嗎？」

「我不想說這件事是因為大哥而發生，我只想說說我自己。」

「是啊，這種事怪不了別人。」

「當我發覺世妍身上散發出你的香水味的時候，我並沒有生氣，也沒有感到痛苦，只是覺得有點累。」

K的眼睛裡布滿血絲。太陽穴附近的青筋明顯地暴露出來。C感覺弟弟的面孔就像超現實主義的繪畫。

「可是看到哥哥的這部作品，我感覺噁心。我對正在看這部作品的自己感到噁心，也對創作出這部作品的哥哥感到噁心。哥哥你應該能理解。即使沒有世妍的事，哥哥也還是以這樣的方式生活，而我則繼續開計程車。真不知道這該死的三點人生什麼時候才能結束。今天我想嘗試最極限的速度。是的，每次我都是在最後的瞬間鬆開了油門，但是這次我想踩到底，直到我飛出去為止。」

「如果你真想這樣做，我也阻止不了你。」

「我就知道你會這麼說。對了，我今天來是想跟你說件事。你還記得嗎？我們家失火的事。」

「當然記得了。」

「蝴蝶都被燒光了，你哭了一夜。當時我也在家，可是你從學校回來以後，首先想到的不是我的安危，而是蝴蝶。」

也許是這樣吧，C淒涼地笑了笑。

「那天我早早放學回家，拿出你的蝴蝶，點著了火。火從翅膀燃起，慢慢擴及全身，我什麼都來不及想。那是很刺激、很興奮的感覺。現在回想起來，感覺就像第一次和女人睡覺。也許我正是因為知道哥哥非常珍愛那些蝴蝶，才故意這樣做吧。我一個個地點燃蝴蝶，結果家裡就著火了。被子燒著了，我還沒發覺，仍然沒有停下來。過了很久，我才發現火焰已經沿著牆壁蔓延到了天花板，於是我趕緊逃了出來。你回到家，呼喊著蝴蝶痛哭的時候，雖然我很害怕也很緊張，卻還是有種幸災樂禍的感覺。」

「你怎麼突然說這些？」

「這件事總是讓我無法釋懷。」

「不要想了，反正蝴蝶已經死了。」

「世妍應該也這麼想吧。」

說完這句話，K就離開了展覽會場。C沒有阻止，反而感覺他做出這樣的舉動非常自然。這種想法讓C不快。

回到公寓，C拿出美美的行為藝術錄影帶來看。正像美美說的那樣，C可以反覆觀看這部錄影帶幾百幾千次。

夜深了，他還在看錄影帶。困意襲來，難以忍耐的疲勞和倦怠充斥在他和顯示器之間。他睡了會兒，站起來找水喝，突然發現十七吋顯示器正在黑暗的房間裡獨自發光。

映像管裡頭的電子槍發射出不規則的掃描線。他回頭看去，公寓猶如幽深的洞窟，洞穴裡發光的藍色螢幕是美美，同時也是朱迪絲。

他按了倒帶鍵。他的喉嚨渴得厲害。

V.
薩達那帕勒斯之死

工作結束了。太陽還沒有下山。我把紙塞進印表機，列印這段時間的作品。CD播放機裡整夜響著瑪麗亞・卡拉絲的歌聲。我喜歡性情古怪、隨心所欲的瑪麗亞・卡拉絲。儘管其過高的音量能摧毀擴音器，然而她的聲音足以讓人原諒她。

印表機工作的時候，我拿起一本畫冊。書架裡擺滿畫冊，這是我的心願。這項工作結束後，我應該可以實現這個心願。我拿起的是德拉克洛瓦的作品。我不喜歡浪漫主義。他們的感情過於豐富，然而我唯獨喜歡德拉克洛瓦的這部作品。

《薩達那帕勒斯之死》。城市陷落之前，亞述國王派武士殺害他的王后和愛妃。身材魁梧的武士冷冰冰地從身後抱住了全身赤裸、朝後仰倒的女人，把刀從上到下垂直插了進去。寬五米、高四米的畫面是殺戮的盛宴。畫面左側是個黑人武士，牽著國王的愛馬。這匹馬也面臨著遭屠殺的命運。

不過，我喜歡這幅畫並不是因為浪漫主義的華麗。畫面左上方，有人在觀察著一切。他就是亞述國王薩達那帕勒斯。國王頭枕胳膊，目不轉睛地凝視著愛馬和愛妃身體裡噴射出來的鮮血。看畫的人最後才能發現國王。因為這個人物是用暗色調畫在角落裡。與此相反，殺戮場面卻被描繪得光彩鮮亮，而且被殺害的女人都是裸體。最後時刻發現薩達那帕勒斯國王的觀眾肯定會忍不住屏住呼吸。國王冷冰冰地注視著自己的潰敗，女人扭曲著身體死去，這幅畫的精采之處正是這強烈的對比。目睹這場狂亂舞會的薩達那帕勒斯國王就是德拉克洛瓦自己。他想成為神靈。真正讓我產生感情共鳴的人物不是德拉克洛瓦，而是薩達那帕勒斯國王。這是一位命運悲慘的國王。在即將滅亡的亞述，他不得不舉行這場死亡的盛宴。

如果由三流畫家描繪同樣的素材，也許會把薩達那帕勒斯國王畫成雙手抱頭，痛苦不堪的樣子。德拉克洛瓦很瞭解主宰死亡者的內心世界。

……

我來到客廳，決定給盆裡的花澆水，已經很久沒有澆過了。客廳裡的花還是老樣子。

我的花既不綻放，也不枯萎，更不像禪雲寺的冬柏花那樣浴血凋落。我搬到這裡之後才買這些假花，每週澆一次水。從下個月開始，我要把這些花統統扔掉，換上新的假花。

唯一來過我公寓的委託人美美，看到擺滿客廳的假花，感到毛骨悚然。她得知這些都是假花以後，就再也不肯靠近了。

「為什麼要用假花裝飾？而且還這麼多？」

「假花也好，鮮花也好，看著都一樣。」

最後，美美還是又來找我了。但是，她的臉色明朗多了。

「見到那個人了嗎？」

美美點了點頭。

「完成了很棒的作品，但是那個人並不能成為我的救世主。」

「任何人都不可能成為別人的救世主。」

進入浴缸之前，美美播放了李歐納．柯恩的〈每個人都知道〉（Everybody Knows），跳了很長時間的舞。李歐納．柯恩粗重的音色和沉重的低音完美地融合了美美的舞蹈。浴室裡隱隱傳出了調到最大的水流聲。水好像溢出來了。聽了十幾遍〈每個人都知道〉，她才進入浴缸。我站在浴室門口，望著她把自己的肉體緩緩地浸泡在浴缸裡，水溢出了浴缸邊緣。她拿起刀，悄悄地往我這邊瞥了一眼。

「再見！謝謝你，但願你的花兒永遠盛開。」

「妳也一路走好。」

殷紅的鮮血從浴缸深處迅速蔓延。她神情恍惚地看著站在浴室門口的我。她的眼睛漸漸睜不開了。我覺得自己也到了離開的時候。

「我走了，祝妳旅途愉快。」

從她家裡出來，我摘下了手套。為了避免留下指紋，每次我去委託人家裡都要戴上手套。有時遇到委託人要求和我上床，我通常都會拒絕。如果是非做不可的場合，我也一定要使用避孕工具。除了應對可能會有的屍檢，這也是為了避免在死者體內播下新生命的種子。

……●……

美美走得很瀟灑。朱迪絲走得很平靜。此時此刻，我是那麼想念她們。關於她們的故事，我已經寫完了。現在，這些文章將成為放在她們墳墓上的美麗假花。讀到這部作品的人都會像朱迪絲和美美那樣，生命中至少與我相遇一次，在汽車公園，或者其他幽靜的路口。我會冷不妨上前問你，雖然走了這麼遠，但是什麼都沒有改變，不是嗎？或者，我會問你需不需要休息。這時，你可以拉住我的手，跟我走。就算你沒有勇氣這麼做，也千萬不要回頭。不管多麼痛苦，多麼無聊，都要堅持走自己的路。我不需要太多的委託人。最重要的是，現在我想休息了。正如擺滿我家客廳的假花，我的人生總是一成不變，永遠那麼無聊。

當我寄出這部小說，我也要離開這個即將毀滅之城了。也許正像維也納之行，會有美美和朱迪絲這樣的人在等著我吧？為什麼走了那麼遠，還是老樣子呢？人生這東西啊。

【作者的話】

一九九八年，這部小說即將在法國出版的時候，法國編輯向我提出了這樣的問題，「這部小說是不是您以文學呈現隱藏在內心深處的殺人衝動？」這個問題也可以這樣理解，「您有沒有過殺人的衝動？」本書出版之後，我接受了無數次的採訪，這樣的問題還是第一次遇到。我有種被人戳穿的感覺。

那時候，我記得自己迷上了飆車。我曾經在京釜高速公路上撞到中央隔離島，連續旋轉數圈（當時是想去撞一輛不停鳴著喇叭試圖超越我的汽車，最後，我的殺人或者說自殺行為歸於失敗，我的車在原地轉了幾圈。時速大約在一百五十公里）。我甚至在漢城市中心和便衣員警展開過追擊戰。我詛咒過看似永遠不會改變的體系，積極擁護對政治的冷漠，還對不工作的權利和懶惰的權利大加讚揚。我反對國家介入個人的幻覺，不，我詛咒國家所做的任何事。我嘲笑所有積極參加選舉的陣營，在野黨和市民組織也不例外。但是，我又想做個誠實善良的市民。我是個菸鬼，每天夜裡都要喝酒，甚至連續喝上好幾天。那個時候的我，無疑是覺得死了也無所謂。不管社會變成什麼樣，都跟我沒有關係。「為下一代留下更美好的國家」，我感覺喊出這樣的口號就是讓人罵。不過，我還沒有勇敢到決定自殺的程度，於是我採取了某種政治上的自殺，埋頭在斗室，寫起了奇怪的小說。

當時創作的小說引起了大眾的關注，最終使我變成了職業小說家。也許就是人生中最大的反諷吧。這部小說最早出版於一九九六年，如今已經十歲了。（編按：以作者寫本篇【作者的話】當時算）有時我自己甚至都不相信。書自有書的命運。尤其是這部小說，更適用於這句話。最初有人認為這是科幻小說，也許是因為主人公的職業吧。主人公的職業是當今社會不存在、而且以後應該也不會出現的職業。但是在一九九九年，日本逮捕了一批自殺嚮導，不久韓國也出現了這樣的職業。幻想變成了現實。比起它引起的關注程度，這部小說的銷量並不算多，不過每年都能再刷兩三次，生命不斷延長，如今已經印刷了二十餘次，還重新裝訂，換了封面。從那之後，我又出版了五部小說，成為年屆四旬的中堅作家。現在，我不會在任何道路上超速駕駛了。我是中年男人了，害怕監控鏡頭和違規罰單。安裝在汽車上的GPS定位系統常常在我迷路的時候幫助我，並且隨時提醒我不要超速駕駛。在這個由衛星代替神靈俯視我們的世界上，我依然在寫作。這期間，我不只一次想要改寫這部小說，但是我又覺得比起成熟老練的筆法，寫作時的粗糙和挑釁感覺更適合於它，於是我滿足於只做輕微的修改。這個版本也沒有太大的變化。但是讀者變了，也許會當成截然不同於當初的小說來閱讀。

如果小說也存在嬰兒死亡率的話，我們國家也許會達到國際平均水準。在這樣的國家，我成為了跨入青春期的小說作家，這讓我感到很自豪，同時也不無陌生感。離開了我的懷抱，希望這部小說今後仍然能夠開拓出屬於它自己的道路。

【解說】自殺倫理學

柳浦善（文學評論家，群山大學國文系教授）

1、自殺，或者現代性的鏡子

重讀金英夏的《我有破壞自己的權利》（以下簡稱《破壞》），是非常有趣的事。因為我可以洞察優秀名作的美學結構，可以解讀問題作家[11]的源頭，同時還能探索韓國

11 編按：韓文中的問題作家是指以社會、政治、思想等普遍問題為題材來寫作的小說家，此類作品則稱為問題小說。

文學史新譜系的發生論起源。

金英夏的《破壞》是一部非常陌生和奇怪的小說。這種陌生和奇怪首先來自《破壞》中的人物以及人物之間的奇異關係。《破壞》中出場的人物與現實的規範發生了實質性的決裂，而且每個人物都不例外。《破壞》中有個非常惹眼的人物，也就是可稱為「自殺嚮導」或「自殺承包人」的敘事者。他專門捕捉隱藏於現代人內心深處的死亡衝動。如果他從某個人身上發現了隱祕卻強烈的衝動，就會毫不猶豫地勸說對方選擇英雄而濃縮的生活，即自殺。如果對方做出了勇敢的決定，他會幫助對方安全而準確（？）地壓縮自己的生命。這樣的人物很難找到先例，然而正是這些陌生而奇怪的人物使得《破壞》變成了陌生而奇怪的作品。《破壞》的人物之中並非只有「自殺嚮導」顯得怪異，其他人物同樣與當前的社會規範之間有著深刻的裂痕，只是程度不同而已。比如，有人不去參加母親的葬禮，卻跟女人做愛。有的女人勾引情人的哥哥。當然，這個哥哥同樣很奇怪，他接受了女人的誘惑，最終形成了兄弟二人共同享用一個女人的局面。對於決心自殺的女人，他不加勸阻，只是反覆觀看收錄女人身影的影片。小說中還有這樣的女人，她每次喝精液的時候都要用水漱口，後來只要喝水就會嘔吐。作品中不僅充滿了這種不在規範之內的人物，而且作者又藉由生活中正在發生的事情讓這些人物形象化，因此《破壞》讓人感覺陌生和奇怪也就是理所當然的事了。

但是，《破壞》之所以怪異，終極原因卻在於其把這些規範之外的人物聚集在一起的敘事原理。《破壞》的部分和整體結構、人物彼此之間的關係、描寫和敘事的核心，即在於前衛且大膽的挑釁。《破壞》把人類最高的權利定義為破壞自己的權利，即自殺的權利。也就是說，每個人都有破壞自己的權利，而且只有行使這種權利的人才能成為真正的人。「我不想戰死，我要死在我想死的時候」，針對這種將自殺昇華為藝術，讓人聯想到達達主義的問題，《破壞》從現實的角度做了全新的闡釋。也許在對現實進行深入的省察之後，得出了自殺是人類僅有的自尊的結論。無論是出於何種情況，《破壞》終究把自殺歸結為人類可以選擇的真正的實踐方式，並且透過這個稜鏡觀察社會。藉此，

《破壞》描繪了極具反諷意味的現實。按照《破壞》的說法，儘管現實生活中的人們都是有生命的存在，然而他們正在走向死亡。儘管人與人之間的關係執著而強烈，然而關係的內部卻是空白的。《破壞》冷靜而不帶感情地刻畫了這樣的現實，足以讓讀者感到恐懼。過去遭狹隘的幻想體系掩蓋的存在，在《破壞》出現後得以回歸，這個恐怖而頗具誘惑性的存在，就是現代社會的孤獨、頹廢和倦怠，以及由此引發的性欲和死亡衝動，這些在本書裡的描寫極有說服力。與此同時，《破壞》發現了曾被韓國文學這個陳舊規範遮蔽的存在，並且將這些大量鮮活的存在集中做了文本化處理。這正是《破壞》的成就，也是該小說的得意之處。因此，我們也可以這樣說，只有和本書攜手，韓國文學才能夠深刻而冷靜的凝視當代的憂鬱。

《破壞》的意義還不僅在於此。《破壞》使得從前隱而不顯的恐怖存在回歸，驚人的事情發生了。死亡衝動的回歸從根本上動搖了原本的普遍書寫，使其難以為繼，也讓既有的文學主體化道路失去了意義。《破壞》出現之後，韓國文學無法在短期內回到《破壞》之前那個狹隘的問題模式了。《破壞》出現之後，韓國文學開始朝著截然不同的方向發展。借用雅克·德里達的說法，「所謂未來，就是與已確立的規範徹底決裂。因此，未來只能在某種怪異之中預言自身，並且自行呈現」[12]。也就是說，《破壞》的奇怪之處可以看作是某種先兆，提前預知了即將呈現的未來。有位眼光獨到的評論家早就這樣評價了金英夏從《破壞》開始的小說，稱其為「明確體現了時代裂痕的小說」[13]這樣說絕對不是誇張。《破壞》和其之前的小說，以及整個韓國小說之間，有了確確實實的分野，這意義不亞於法國哲學家阿蘭·巴迪烏（Alain Badiou）的事件哲學。與此同時，這部小說已經事先決定了後來出版的小說的命運。換句話說，我們可以把《破壞》看作後來小說的源頭。正如《無情》（李光洙）、《三代》（廉想涉）、《故鄉》（李箕永）、《廣場》（崔仁勳）、《侏儒射向天空的小球》（趙世熙）、《單人房》（申京淑）、《鳥

12 原注：雅克·德里達，《論文字學》，金成道譯，民音社，一九九六年，十七頁。
13 原注：南真佑，《森林城牆》，文學村出版社，一九九九年，二七四頁。

的禮物》（殷熙耕）等跨時代作品，《破壞》也是宣布我們的歷史進入新時空的里程碑，同時也是促使我們的歷史進入新局面的信號彈，為我們的整個歷史帶來了巨大的轉變。

細讀《破壞》之所以讓人興趣盎然，當然與《破壞》所處的脈絡有關。正如前面說過的那樣，重讀《破壞》不但可以瞭解這位問題作家的起源，而且可以探索韓國文學史新譜系的發生論起源。也就是說，重讀《破壞》不僅是有趣的事情，而且也是當務之急。

當然，我的意思並不是說在這之前沒有人閱讀《破壞》。自從《破壞》以問題小說的形式出版至今，很多人都在閱讀。有人說這部小說是宣告全新時代或感性爆發的信號彈，也有人說這是讓現在和過去截然對立的代表性小說。儘管有這麼多種細讀《破壞》的方法，然而這部小說還是有必要更加深入細緻地閱讀。前面的讀者讀得也很細緻，但還是很遺憾地過分執著於《破壞》本身的內容。過去，人們對於《破壞》的閱讀似乎過度集中於羅列小說的怪異之處。結果就是沒有好好重視《破壞》摧毀了既有的規範，並由此產生新的文學主體這點。例如，《破壞》帶來的驚人發現和巧妙隱藏之舉就沒有得到充分的探索。正如尼采所說，看世界的新視線或感受性的誕生，意味著新的認識，也就是新的公式化。《破壞》驚人地羅列了以前看似毫無關聯而相互獨立的兩種事物、兩種對立物，並做了同等處理；也就是巧妙地隱藏了各事物之間的差異、本質和存在，前所未有地全面揭露了其間的相似性，結果產生了新的感性。為了澄清《破壞》的跨時代特徵，必須仔細地探索這個過程。《破壞》以什麼方式同等處理特定事物和觀念，如何重新塑造被舊習束縛的存在，使之變得不同，藉由《破壞》發現的規範之外的存在究竟是什麼，新存在的倫理學是什麼，這些都需要我們認真揣摩。這就是我們有必要重讀《破壞》的原因，當然也是我寫這篇文章的動機。

現在，我們就去看看誕生《破壞》這個恐怖而富於誘惑力的異種之地，也就是同時具備驚人發現和巧妙隱藏效果的煉金術現場。

2、死亡的舞臺化和現代主義的回歸

《破壞》「始於對兩幅畫的描寫，終於對兩幅畫的描寫」[14]。裝飾《破壞》的開端和結局的兩幅畫是《馬拉之死》和《薩達那帕勒斯之死》。也就是說，《破壞》開始於對死亡的描述，同樣結束於對死亡的描述。很容易就能看出，《破壞》是一部關於人類永恆的他者——死亡的小說。如前所述，《破壞》並非普遍意義上的死亡小說。《破壞》講述的是經由主體決斷的死亡，也就是與死亡屬性稍有不同的自殺。《破壞》講述的自殺既象徵了人類的有限性，又可視為人類無限性之展現。透過這種兩可意味強烈的死亡形式，小說以傳統方式再現了當今社會的真實存在。無論《破壞》是關於死亡的小說，還是關於自殺的小說，它的確是開始和結束於兩幅和死亡相關的繪畫作品。從這點來看，關於《馬拉之死》和《薩達那帕勒斯之死》的描寫也就相當於這部小說的序幕和尾聲。換句話說，《破壞》透過對《馬拉之死》的描寫暗示了小說發展的方向，而在對《薩達

14 原注：崔允，《第一屆文學村新人獎終審評語》（金英夏，《我有破壞自己的權利》，一九九六年），一六二～一六三頁。

那帕勒斯之死》的描寫當中，自然而然地總結了前面豐富的故事。

不過，《破壞》對這兩幅畫的描寫並不僅僅承擔了這種敘事功能。「藉由新古典主義的節制表現浪漫主義現實的計畫」，所以「世界充斥著浪漫主義時代的時間和感性，過分要求鮮血、傷痛和挫折」，但是「為了不耽溺於此，必須選擇節制和感情的閹割」[15]，《破壞》也可以看作體現這種精神的獨特裝置。當然，這並非全部。對於兩幅與死亡有關的繪畫的描寫，是以死亡現象為中心理清當代社會，甚至整個人類社會歷史的核心要素，也是使《破壞》成為問題小說的重要原因。

《破壞》以自殺為節點，其問題意識過於挑釁和顛覆，很難獲得足夠的說服力。《破壞》認為只有自殺才是成功的行為，是留給人類唯一的真正實踐。只有在像拉康（Jacques Lacan）或拉康後裔那樣把當代他者歸結於無的行動之中，這種問題框架才能夠真實存在。那些相信可以重新建構存在倫理學的人，也許會支持這種觀點，然而別人卻不太可

15 原注：同前注，一六二頁。

能相信自殺是有意義的行為。自殺是長期處於極限狀態的人做出的絕望選擇，常常淪為批判對象，或者被視為人類向神靈權威發起挑戰的僭越之舉。當然，也不是沒有鼓勵自殺，甚至頌揚自殺為崇高犧牲的時候，比如需要拯救祖國或他人的時候，抵抗獨裁者暴政的時候，等等。涂爾幹（Émile Durkheim）在著名的《自殺論》中主張，「利他的自殺」不僅是被許可的行為，而且有時還會受到鼓勵。但是，這種時候的自殺許可也不賦予個人以死亡的權利。相反，這是允許為了更大的目標或集體而死的自由，與強制義務並無分別。在任何時代，人類破壞自己的權利都不會輕易被寬容或許可。即使在個人自由成為人類最基本要求的現代社會，這種情況也沒有多大改變。康德（Immanuel Kant）認為，自殺只是人類「為了達到目的而使用的單純手段」，也就是說，自殺行為是濫用權利和非道德行為，違反人類的本性。黑格爾（Hegel）這位人類意志的絕對信奉者也說，「這種欲望的本質要素包含著從一切中解放自我、達到一切目的、自我抽象於一切的力量。只有人可以拋棄一切，甚至生命」。但是關於自殺，他說得非常明確，「自殺可以算是勇氣，但不是有價值的勇氣」。因為人並不是獨立的存在，而是集體的成員。根據黑格爾的觀點，「當國家要求個人付出生命的時候，首先要保證個人的生存」，因此人類行使自己的生命權利分明是矛盾。一言以蔽之，迄今為止，自殺權利只有被認可為義務的時候，才會承認其價值。從這個角度來看，《破壞》提到的死亡觀或自殺觀極具挑釁性，極其前衛，自然不容易具有說服力。[16]

《破壞》提出的死亡哲學之所以很難說服別人，原因不僅僅在於這些，還與創作《破壞》的時代背景有關。《破壞》出版於九十年代中期，這個時候提出「只有自殺才是成功行為」的死亡倫理學，本身就很不容易，而且也很難有說服力。當時，人們只認為更好的他者或理想的社會建設才是有意義的行為，包括死亡衝動在內的全部個體革命理念

16 原注：關於自殺的各種見解請參照《某個淒涼之日的自殺選擇》（尼采等人著，朱正冠編譯，圖書故事出版社，二〇〇三年）。

統統被視為不穩定因素。同時，這種理想的社會建設遭遇挫折之後，人們陷入了對過往時代的他者的絕對悔恨。換句話說，就是「對於歷史或人類的禮儀」，人們因此被要求對大他者的尊敬和鄉愁。這種情況下，《破壞》的自殺倫理學當然很難獲得認可。

儘管如此，《破壞》還是掀起了巨大的反響和騷動。剎那間，《破壞》統領著無數的分支，穩穩地占據了譜系起源的位置。這是隱藏於《破壞》內部的裝置發揮了作用，使得異質的死亡倫理學被人們自然而然地接受。這種裝置正是位於《破壞》開端和結尾、關於兩幅死亡繪畫的描寫。描寫這兩幅與死亡相關畫作的過程中，《破壞》猶如流水，絕妙地牽引著死亡和自殺進入歷史和哲學的核心範疇。因此，對兩幅繪畫的描寫在《破壞》中擁有絕對的意義和功能。這讓人情不自禁地聯想到趙世熙的《侏儒射向天空的小球》，透過震撼的序幕和尾聲暗示和總結了小說中的事件，以一名數學教師的故事簡單而自然地摧毀了無比牢固的既有權威主義論調。藉由掃完煙囪後關於孩子們臉蛋的謎語，《侏儒射向天空的小球》徹底否定了當時的規範，而《我有破壞自己的權利》也是經由對《馬拉之死》和《薩達那帕勒斯之死》這兩幅繪畫的描寫，輕而易舉地顛覆了當時的規範，使其原來的意義化為烏有。

前面已經說過，《破壞》開始於《馬拉之死》。具體說來，《破壞》的第一句話是「我在看賈克—路易．大衛創作於一七九三年的油畫《馬拉之死》。」因此我們可以說，《破壞》開始於對《馬拉之死》的凝視。但是小說敘事者，也就是「自殺嚮導」從《馬拉之死》中讀到的卻不是某種單純的事實。他首先看見「**馬拉**的死亡」，然後是「馬拉的**死亡**」。也就是說，他在《馬拉之死》中看到了革命家馬拉的死亡、以馬拉為象徵的雅各賓派主導的革命的死亡，同時也發現了人類整體的死亡意義。於是敘事者得出結論，「沒有恐怖做燃料，革命難以為繼。隨著時間的流逝，這個關係就顛倒過來了。革命的目標開始變成了恐怖。製造恐怖的人必須讓自己置身事外。他應該知道這樣的事實，自己傳播的恐怖能量最後會反過來吞噬傳播者。結果，羅伯斯比也被送上了斷頭臺。」對於敘事者而言，象徵法國革命的馬拉在人類歷史中所處的位置並不重要。比如，他對馬拉所屬的雅各賓派的革命理念和方法論，以及雅各賓派主導的法國革命給人類歷史帶來的眾多變化幾乎毫無興趣。他關注的焦點集中於革命過程中的死亡。敘事者藉由三個人的死亡描述了法國革命的浪潮。對他來說，除了這三個人的死亡，其餘都不重要。敘事者在法國革命中發現了三個人悲壯而淒美的死亡，並以驚人的方式概括了法國革命。這又是極有技巧的隱藏，敘事者排除了法國革命這個龐大而活力四射的整體中的其餘部分，只剩了三個人的極端死亡。透過這種令人震驚和恐懼的壓縮和有技巧的隱藏，《破壞》將法國革命記錄為幾個人的死亡。不僅如此，他還將整個人類史看成死亡的延續。從過去到現在，從此地到地球彼端，都被敘事者描述成死亡籠罩的歷史事件，此外什麼都視而不見了。法國電影研究者兼編劇波尼茨在闡釋希區考克（Alfred Hitchcock）的時候，曾用了這樣的概念，即「死亡的舞臺化」[17]。這種執著的「死亡舞臺化」成為《破壞》輕易取

17 原注：出自巴斯可・波尼茨（Pascal Bonitzer）著的《希區考克的懸念》，引自《不敢問希區考克的，就問拉康吧》，斯拉沃熱・齊澤克（Slavoj Žižek）編，金素英譯，新波出版社，二〇〇一年，三十五頁。

消既有規範的終極因素。

但是，我們不得不承認，《破壞》以死亡為中心敘述歷史的方式是對歷史的過分簡單化和私史化。僅憑這些，還很難具有很強的說服力。另外，《破壞》透過《馬拉之死》進行的「死亡舞臺化」終究只是提出了死亡的普遍意義，並沒有上升到貫穿《破壞》全篇的人類破壞自己的權利，也就是關於自殺的倫理學的高度，這也是不爭的事實。為了歷史性地概括歷史上的死亡或死亡的歷史，為了從死亡美學上升到自殺倫理學，《破壞》又做了其他的補充，比如冷靜而不帶感情的觀察，還有就是壓縮美學。作家和敘事者凝視著《馬拉之死》，冷靜而不帶感情地說，為什麼只有歷史上的死亡或死亡的歷史才是人類歷史的核心，為什麼藉由其他方式就不可能呢。那麼，請看大衛的《馬拉之死》。敘事者從大衛的《馬拉之死》中發現了下面的內容，「大衛的馬拉既沒有年輕革命家遭遇突襲的抑鬱，也看不出擺脫世間煩惱的清爽。大衛的馬拉安詳卻又痛苦，憎恨卻又不乏寬容。透過死者的表情，大衛實現了人類內心深處所有對立的情感。第一次看到這幅油畫的人，視線首先會停留於馬拉的面部。他的表情什麼也沒有透露。於是，觀看者的視線大致會朝著兩個方向移動，或是一隻手上的書信，或是伸出浴缸的另一條胳膊。馬拉死了，直到最後他也沒有放棄書信和鵝毛筆。恐怖分子以假信為藉口接近馬拉，而馬拉臨終之前還在回信。馬拉至死緊握在手中的鵝毛筆為寂靜而安詳的畫面賦予了緊張感。大衛非常了不起，並非用激情創造了激情，而是以冷靜而不帶感情的方式。這是藝術家的最高美德。」（八～九頁）觀看大衛的《馬拉之死》的時候，其他人都看不出來，只有那些冷靜而不帶感情的人才能發現這些東西，比如說人類心中對立的強烈感情和這些感情形成的人世悲歡，或者只有瀕死者才能看到的存在意義。所謂歷史，只有成為瀕死者才能看到的真理之光，並被記錄下來，才能顯示出其意義。《破壞》展示了死亡，以及死亡史之所以重要的原因。但是，這裡提及的原因不同於我們的預想和期待。《破壞》並沒有透過哲學理論證明死亡為什麼如此重要，而是以同義反覆作答。死亡為什麼如此重要？很重要。只要你做到冷靜而不帶感情，就能透過死亡，透過死者的神情發現重要的線索。換句話說，死者之所以重要，也只因為他是死者。做到冷靜而不帶感情吧，這樣就能看到了。

《破壞》以這種方式把死亡史提升為歷史的總結，也可以說《破壞》把全部人類歷史變成了「死亡的舞臺」。《破壞》把歷史建築為死亡的舞臺，提出了「壓縮美學」。「不知道壓縮的人是可恥的。無可奈何地延長自己卑微的人生，這樣的人同樣可恥。不懂壓縮美學的人至死也不會知道生活的祕密」。敘事者稱頌壓縮的美麗，然而並非所有的壓縮都美麗。例如，敘事者喜歡閱讀旅遊指南。原因很簡單，因為「旅遊指南簡潔明快地壓縮了複雜的事實」。「每個城市都有數十萬個生命和數百年的歷史，城市裡充滿了人生與歷史交織而成的痕跡」，但是，旅遊指南卻把這些「壓縮為幾行簡單的文字」。敘事者並不認為這有什麼不好，他覺得這是美麗的行為。然而問題並沒有這麼簡單。無數的問題就在這個時候開始出現。每個城市都有數十萬生命和數百年歷史，壓縮方式肯定也是數不勝數，問題在於這種簡單明瞭的壓縮究竟能多準確而豐富地再現物件本身。假如這種壓縮未能準確而豐富地再現被壓縮的對象，那麼，也許它依然美麗，卻勢必伴隨著暴力和恐怖。因此，說明壓縮美學，最重要的不是壓縮本身，而是說明壓縮的方式和壓縮的客觀性。但是，作品中的敘事者卻沒有考慮這些問題。他只是把全部人類歷史區分為壓縮人生和卑微人生，並且提出哪種人生正確的問題。不僅如此，這種分類還不動聲色地擴大到自動壓縮（也就是自殺）的美麗人生和無所事事苟延殘喘的無恥人生。問題又出現了，你要過什麼樣的生活？這不是問題，而是強迫選擇。儘管這是兩者擇一的問題，然而供選擇的答案只有一個。於是，《破壞》從壓縮美學不動聲色地跨越到自殺倫理學的範疇。這個過程是飛躍的。因為壓縮的人生同樣無窮無盡。壓縮的人生並不單純意味著物理時間的縮短，還得考慮到這是否為有意義、有價值的美麗人生。比如為歷史獻身，為他人而犧牲自己，或者創造前所未有的新的真理體系。但是，《破壞》沒有考慮這些，只是把壓縮人生限定為破壞自己的權利。敘事者借助莎士比亞的「死亡光顧我們之前，我們首先衝進祕密的死亡之家」，把自殺說成是盡善盡美、至高至純的美麗。

《破壞》抵達自殺倫理學的過程，是單向和飛躍的，這點重複出現在對《薩達那帕勒斯之死》的描寫。《薩達那帕勒斯之死》首先破壞自己最珍重的東西，然後等待自身的破壞，也就是先悲劇而後自發性地死亡，《破壞》的敘事者稱頌了其意義和價值。但是，這種單方面的稱頌同樣存在很多問題。考慮到那些為了國王的自發性死亡而被迫犧牲的存在體，那麼我們可以斷定國王的選擇並不美麗，根本就是自私的行為了。站在他們的立場上看問題，那麼國王的選擇就是遭到破壞的理性發動的瘋狂盛宴。《破壞》並沒有提及這個側面，只是勸說對方不要再繼續卑微地等待，該做的工作已經完成，現在應該主動結束苟延殘喘的人生。

《破壞》的死亡觀讓讀者聯想到尼采自發而理性的死亡決斷，這樣看來，並不是全然沒有普遍性。《破壞》認為此時此地的人生只是卑微和荒誕生活的簡單重複，的確有其可能性，但是從壓縮美學過渡到自殺倫理學的過程中仍然存在著飛躍，《破壞》就是透過這種邏輯性的飛躍完成了特有的自殺倫理學。綜而言之，《破壞》經過邏輯上的割裂，超越「死亡的舞臺化」，最終完成了「自殺的舞臺化」。

我在這裡刻意強調了到達「自殺的舞臺化」的過程中出現的邏輯割裂，並不是為了說明《破壞》是因此而具有某種根本的局限性。正因為有了這種邏輯上的割裂和飛躍，以及巧妙的隱藏，新鮮和陌生才成立。如果沒有這些，也就不存在任何新鮮和陌生，更談不上新的認識體系了。所謂認識，也就意味著公式化，而驚人的發現必須經過巧妙的隱藏才有可能成為現實。所以在陌生和新鮮中，我們需要關注的不是邏輯的一貫性，而是藉由巧妙的隱藏而發現的價值。

從這點來看，《破壞》的確是令人震驚的小說。透過特有的選擇和集中，也就是透過徹底的排除和隱藏，《破壞》把人生的重要領域——死亡問題引入了整個韓國文學。《破壞》「藉由類似蒙太奇的絕妙結構列舉了分明存在於我們身邊，卻又被我們忽視的死亡問題，以及被人們當作偶然的交通事故、沒有認真思考的古典主題，漫畫般的隨性技巧更增添了它的衝擊力。」這樣的手法令人歎為觀止。《破壞》之所以令人驚歎，並不僅僅在於死亡或自殺問題的回歸。《破壞》不但復原了自殺問題，而且也復原了促使自殺倫理學產生的現實條件；具體說來，也就是現代社會的孤獨、倦怠和頹廢，以及由此產生的對於物質似是而非的渴望。南北分裂等韓國特有的意識形態早已被驅逐到非主流範疇，而《破壞》將其重新復原到我們的生活。我們得以透過《破壞》再次遭遇那些被「眼前的現實」或「客觀性」等美名放逐到規範以外的實際存在。這恐怕才是《破壞》的核心意義。《破壞》之所以具有復原現實規範以外之實際存在的意義，開頭和結尾對於兩幅繪畫的描寫發揮了不可或缺的作用。正是經由描寫這兩幅畫，《破壞》把歷史變成了死亡的舞臺，再把自殺變成這個舞臺上最有意義的倫理。我們說《破壞》結構巧妙，很大程度上就是針對這個層面。

總之，《破壞》藉由驚人的發現和巧妙的隱藏技巧，把歷史變成死亡的舞臺，聚集眾多角色，舉行了死亡的盛宴。透過這個舞臺上的黑暗盛宴，小說以細緻而驚人的方式告訴我們，為什麼在這個時代只有自殺才是成功；我們生活在怎樣的廢墟之中；在恐怖卻又富於誘惑的現實當中，什麼樣的邏輯才能行得通。

3、卑微的人生和崇高的死亡

《破壞》是一部後設小說，小說裡套著另外的小說。外面的小說講述的是自殺嚮導、也就是作品敘事者的故事，而小說裡的小說則是作品敘事者記錄的委託人走向死亡的過程。《破壞》分為五章，其中一、三、五章講述了敘事者自己的日常生活，而第二章和第四章講述的則是委託人走向死亡（自殺）的過程。

在《破壞》的外部故事中，敘事者堅持不懈地尋找委託人。他翻看雜誌上的採訪資料，瀏覽報紙，到仁寺洞看畫展，有時也去唱片行。有人被他的廣告「傾聽您的煩惱」吸引，打電話和他聊到深夜。那些看似孤獨，或者星期六下午也無處可去的人，他會格外留意。他接觸各種各樣的人，「從被父親強姦的少女，到即將服兵役的同性戀者，從背著丈夫偷情的女人，到慘遭丈夫毆打的女人，他們懷著各式各樣的煩惱」。這些人是他的首選委託人。敘事者從中挑選那些試圖藉由規範之外的方法解決自身問題的人，他們因為自己的孤獨、他人的暴力，以及不倫，而承受精神痛苦和矛盾，然後「掏出他們囚禁於潛意識深處的欲望」，促使這些欲望自我增殖。於是，「當他們的想像力得以飛躍，最後自動就會發現自己具有成為我的委託人的素質」。敘事者和委託人見面，教他們合適的自殺方法，滿足委託人的欲望。同時，他記錄委託人自殺和走向死亡的過程。外部故事是敘事者自身的故事，他的職業是自殺嚮導，生活方式前衛而獨特，而內部故事則是自殺嚮導對委託人的記錄。換而言之，這是關於自我破壞、選擇自發死亡、體現壓縮美學的崇高人物的記錄。敘事者從成功（？）自殺的委託人中挑選出了朱迪絲和柳美美兩名女性，把她們英雄的決斷和美麗的死亡記錄成最美好的事物，這就形成了小說中的小說。我們最關注的、也是《破壞》想要說明的東西，就是發現自殺是唯一成功的自殺倫理學集中呈現的部分，敘事者評價朱迪絲和柳美美的死亡是「把最後的生命妝點得美麗」。

《破壞》介紹了兩個自發而美麗的死亡，首先是朱迪絲之死。但是，敘述朱迪絲之死的第二章卻把朱迪絲的死亡放置在敘事的邊緣，敘事焦點反而集中到了與朱迪絲發生關係的兩個男人，C和K這對兄弟。關於朱迪絲的資訊少得可憐。不僅如此，就連這少得可憐的資訊也是通過C和K的眼睛折射出來，重形象而輕具體事實，因此並不明確。例如，「女人這才睜開眼睛，注視著他，慾火尚未消退的眼睛裡泛著藍光。他對這女人的第一印象是她就像古斯塔夫．克林姆的名畫，《朱迪絲》。朱迪絲是古代以色列的女英雄，她以美色誘惑亞述將軍赫洛夫尼斯，然後趁其熟睡之際砍下了他的腦袋。克林姆借朱迪絲閹割了民族主義和英雄主義，留下了世紀末的官能感受」。（二二～二三頁）朱迪絲的資訊通常是這種形式，因此她走向自殺的過程並不明確，象徵和暗示的意味很濃。但是，藉由朱迪絲表現出來的自殺倫理學卻不模糊。結合了居無定所、四處遊蕩的形象，朱迪絲反而非常接近現代人的真實存在。透過象徵暗示的自殺之旅似乎是表現自發性死亡的兩可性的最恰當方式。這種自發性死亡是現代人唯一的希望，也是極端絕望的表現，是堅韌的主體性的體現，也是人類有限性的標誌。不管出於何種情況，重要的是朱迪絲在自殺嚮導的幫助下選擇自發死亡的道路。《破壞》透過這種自發的死亡使得現代人的存在方式更加形象化，這很重要。

《破壞》裡的朱迪絲，很難弄清楚她究竟是個什麼樣的女人。因為這個存在體，尤其是她的靈魂更為空曠。她處於根本的缺失狀態，她的歷史模糊，人生履歷也不具體。但是，這只是構成這個人物的附加事實。構成這個人物的更本質的事實是她不想成為自己人生的主人。也就是說，她不具備主體性。她不想成為靈魂的主人。因此，她並不親自掌管自己的人生，而是經常把權利交給他者。

他和其他司機去酒館唱歌，結果遇到了世妍。五個人走進房間，點了啤酒，當時是世妍進來削水果。她削蘋果的樣子很不熟練。雖然她塗著青紫色的眼影，但是看上去年紀不是很大。這個女人從來不笑。司機很生氣。賣笑的女人竟然不會笑，他們紛紛怒罵。

老闆聞聲而來，也是對她破口大罵。她被老闆拖走之後，外面很快就響起了抽耳光的聲音。沒過多久，她又進來了，開始不停地笑。聽到司機無聊的玩笑她也笑，聽到司機罵車輛調度員她也笑，聽說韓國足球晉級世界盃她也笑。不料，司機又生氣了。這娘兒們不會是瘋了吧？她還是笑。然後，她又被叫了出去。（五十頁）

如果說克林姆閹割了朱迪絲的英雄主義和民族主義的意識形態，留下了末世的官能，那麼《破壞》則在閹割朱迪絲的意識形態的同時，也閹割了精神和靈魂，最終將其變成了空白。這種根本性的缺失和缺失感，必然引起充填的衝動。朱迪絲需要填補空白的衝動。為了給枯燥無聊的日常生活帶來變化，她讓每個日子都與生日的符號相結合，總是試圖用某種東西填充她深淵般的空白。她經常充填自己的空虛。她往口中填塞加倍佳棒棒糖，另一張嘴巴要麼塞入男人的生殖器，要麼塞入手指，或者是雪球。面對著必須拿東西填充自己的強迫性飢渴症，任何道德和規範都顯得蒼白無力。於是，她開始和兩個男人同居，跟他們發生關係，而且她還勾引情人的哥哥，最終和兄弟二人都發生了關係。這都是她為了彌補根本性缺失而做出的舉動。

不過，朱迪絲的舉動也不僅僅是因為填充缺失的本能衝動，有些舉動也是為了滿足彌補根本性缺失的欲望和要求。比如，她對C的期待和渴望。最初，朱迪絲和C的弟弟K發生了本能的關係，但是她很快就發現自身的根本性缺失並沒有得到填充。C辦完母親的葬禮之後，第二天她就勾引了C。她把這種舉動稱作「遊戲」。「我是說第一次和你睡覺那天。你還記得我吃棒棒糖的事嗎？我知道你在偷看我，所以就想玩個遊戲。我想知道你會不會在我吃糖的時候衝過來，還是等我吃完之後你再過來。我在心裡打賭。如果你在我吃完糖之前過來，我就跟你在一起。如果等我吃完你再過來，我就跟K在一起。怎麼樣，好玩吧？」（**四十三頁**）但是，我們也不能因此認定朱迪絲對C的感情不純粹。也許原因不同，但是只有對某個人產生了真正的感情，才會真正需要對方。C也「受弟弟的女人吸引了，這個像朱迪絲的女人」，「直覺到自己要做出危險的選擇」。

也許朱迪絲看透了C的心思。無論如何，朱迪絲的確藉由C彌補了自己的根本性缺失，把C當作自己空蕩蕩靈魂的指南針。朱迪絲生日那天，她帶C回到了她的故鄉注文津。大雪封住了公路，像極了朱迪絲渴望已久的北極。朱迪絲想在這裡體驗真正的滿足，體驗充溢的狀態。但是，C並不是這樣。朱迪絲說今天不是自己的生日，這麼簡單的謊言C也相信了。朱迪絲邀請他參與自己的充溢狀態，然而他只是表面敷衍。朱迪絲讓他勒緊自己的脖子，試探他是否真的愛自己。但是，C還是表面敷衍，虛與委蛇。在C看來，朱迪絲什麼也不是，他連朱迪絲的根本性缺失都不知道，也不知道她為什麼總是嘴裡叼著加倍佳棒棒糖。最後，朱迪絲以生命做賭注，吐露了飽含期待的抗議：

「你怎麼還不射精？」

經過漫長而無聊的動作，她問。直到這時，他才意識到自己正在跟她做愛。

「興奮不起來。」

「那你掐住我的脖子，說不定就興奮了。」

C從背後纏住了她的脖子，重新開始做愛。她有些喘不過氣來了。他擔心會不會把她掐死，連忙射精了。她乾咳幾聲之後，起身挪到了後排座位。

「你這輩子絕對殺不了人。」她說。

「人有兩種，一種是能殺人的人，一種是不能殺人的人。你問哪個更壞，當然是不能殺人的人更壞了。K就是這樣。你們兩個看起來不同，其實骨子裡還是一模一樣的。不能殺人的人，他也沒有能力真心愛別人。」（六十頁）

聽了這些話，C還是睡著了。朱迪絲終於確信了那句話，「大老遠回來，什麼也沒改變」，她也真切地預感到不管走多遠，都不會改變什麼。她陷入了深深的憂鬱。離開固然痛苦，然而不離開更痛苦。朱迪絲站到了選擇的十字路口。究竟是用虛假的滿足安撫根本性的缺失，慢慢地消磨時光，還是不讓卑微的人生繼續，自發性的或者主動的結束人生呢？這時，自殺嚮導像幽靈似的突然出現於朱迪絲面前。借助他溫柔的指導，朱迪絲終於選擇了自殺。

這是《破壞》的第一個美麗的死亡。我們可以透過朱迪絲之死發現一個重要的問題，朱迪絲並不單純是專有名詞，同時也是普通名詞。與其說她擁有自己的歷史地理志，不如說她只是代表全體現代人的符號。那些以虛偽衝動填充空洞靈魂的人，或許夢到了救贖。但是，那些意識到這個夢終歸虛無而深感絕望的人，那些無法離開、然而不離開只會更痛苦的人，正是生活在此時此地的我們。

除了朱迪絲的死亡，《破壞》中還有一個被敘事者稱為美麗死亡的死亡紀錄。那就是柳美美的死亡。朱迪絲帶著空蕩蕩的靈魂離開了人世。她是主動與某種符號或形象相結合，也就是單方面隸屬於大他者的存在。美美和朱迪絲看似不同，卻又相似。看上去相似，卻又有著很大的不同。首先，她和朱迪絲有很多不同之處。「彷彿對整個世界都失去興趣的朱迪絲和信心滿滿的柳美美，兩人之間似乎並不存在外貌上的共同點」（一二〇頁），儘管如此，「女人的臉色多少有點蒼白，眼部的濃妝散發著頹廢的美感」的樣子卻「跟朱迪絲有點兒相像」。外形相似與否並不重要，真正重要的相似點在於她們濃濃的倦怠感，也就是死亡的徵兆。

柳美美的生存方式和朱迪絲有著本質上的不同。朱迪絲試圖藉著他者或超自我的力量填充空虛的靈魂，而柳美美則藉由理性填充自己的靈魂，拒絕他者或超自我的闖入。簡而言之，柳美美拒絕與象徵性秩序或存在規範交涉，只按照自己的準則生活，也就是自戀主義者。

> 她是個完美的演員。她根本就沒往他這邊看，只是慵懶地迎接著撲面而來的陽光，靜靜地喝著咖啡。她也沒有看書或翻手提包，更沒有補妝。她全神貫注，彷彿努力把自己投射到玻璃窗這個銀幕上面。每次低頭的時候，她會輕輕撫摸吹落胸前的濃密頭髮，然後拂到後面，這是她僅有的動作。（一一八～一一九頁）

小說中的她是著名的行為藝術家。她之所以有名，原因主要有兩個，第一是她的行為藝術的現場感和前衛性。她本能地厭惡按照別人事先制定的規範和形式來表現自己，喜歡根據現場氣氛自我呈現，藉以製造出現場特有的光芒。「行為藝術就不一樣了。我和觀眾直接面對面，透過觀眾的目光，我可以看到死亡和愛欲。從觀眾目光中看到的東西不同，我的行為藝術也會因此有即興的變化。」（一三三頁）所以她的行為藝術只能是即興的，而且也不能不前衛。這種前衛性就是使她成為著名行為藝術家的第一個原因。

她被稱頌為了不起的行為藝術家，還有另外的原因，那就是她不願意讓別人記錄自己的行為藝術。她「本來是出了名的不允許別人拍照的女人」。這首先是因為她要避免自己的行為藝術製造的光芒因為複製而遭到毀損。她認為，藝術應該表現規範或形式之外的存在，只有行為藝術才是直接面對存在和鮮活之美的藝術行為。如果記錄或複製行為藝術，那就等於歪曲和消滅了現場特有的氛圍，因此她不允許別人拍攝她的表演，絕對不許。

但是，她拒絕讓自己的藝術受到既有規範和形式的束縛，並不僅僅因為她的藝術觀，這與她的精神外傷也有關係。高中時代的她遭遇了別人沒有的特殊的成長經歷。這段經歷使她對既有規範產生了病態的厭惡。事情是這樣的：一位幾乎深受全體女生喜愛的教師在她面前脫衣服，她感覺很驕傲，於是就跟這位老師發生了關係。「那是非常模糊的關係，不是強姦，也不是通姦。你知道吧？現在回想起來，我並沒有愛上那位老師。也許只是因為深受女生喜愛的男老師在我面前脫衣服，讓我感到驕傲吧。」（一三六頁）這時，老師的妻子出現了。老師的妻子表現出了驚人的冷靜，這樣的時刻仍然保持著鎮定的語氣。美美首先故意顯得可惡，然後使用「瘋狂地叫喊，還一邊跺著腳」的方式回應了老師妻子的冷靜。儘管如此，老師的妻子仍然不為所動，反而是她和老師的關係暴露出來了。那位國文老師辭職了，全部責難的視線都集中於她的身上。從那之後，她終於明白了他者冷漠的視線和人們聚集而成的規範有多麼決絕，並且全方位地壓抑和歪曲著人的性欲。她讓自己投入到平靜、冰冷，甚至殘酷的現代主義的忘我的藝術行為，如同在對抗老師妻子的冷靜。她把「未經過濾散發出來的狂放，爆炸般的激情片段」播撒在世界。但是，她無法容忍這種違背秩序化的革命力量被既有規範阻斷和歪曲。最後，為了融化冷酷的現代主義，她選擇了在表現革命力量的同時，卻又不容易被現代主義邏輯捕捉的藝術。因此，她執著於強烈卻不包含於象徵秩序的藝術，也就是行為藝術。而且她斷然拒絕別人用拍照或攝影的方式記錄她的行為藝術。因為被保存的行為藝術很容易被攝影師的視線歪曲和顛覆。

於是，她生機勃勃地對抗著冷漠的現代主義。有一天，她陷入了自我矛盾。她的行為藝術雖然拒絕現代主義，然而在這同時，她也發現自己的行為藝術是順應現代主義的藝術，並且越來越發現這種行為藝術並不是拒絕冷酷現代主義的有效方式，反而把自己封閉於大他者的視線之中，並使自己從屬其內。「十年來，我一直以為自己從事的是真正的藝術，但是那天我突然發現，並不是這樣。我覺得自己從來沒有認真觀察自己，我

感覺自己始終懷著逃亡之心走過人生。」（一五三～一五四頁）

現在，她也站在了選擇的十字路口。究竟是為了拒絕大他者而順應大他者，不斷重複這種具有諷刺性的行為，還是像大多數人那樣遵守大他者的命令？或者鑽出大他者的縫隙，繼續保持豐富而充盈的內心？她首先選擇了第三條路。在這個十字路口，她偶然遇到了自殺嚮導。她曾經想過要死，但是她不能。因為現在還存在找到新出路的可能。她暫時還不想死。她聽從自殺嚮導的忠告，透過做以前因為極端的禁欲主義而未能嘗試的事情，尋找新的出路。為此，她找到了C，決定讓C將自己的行為藝術用影片保存下來。在這個過程中，她對C產生了類似愛戀的感情。她想看清一個事實，他者的視線並不總是歪曲自己的主體，有時反而「使主體更像主體」。但是，C同樣無情地背棄了美美的期待。C自閉於影片中的美美的形象，只是反覆觀看收錄了美美行為藝術的影片，對於美美的實體，美美的光芒，以及出於對C的憤怒和失望而漸漸走向自發性死亡的美美本人置之不理。最後，美美再次站在了選擇的歧路。這時候的她只有一條路可以選擇。

與其苟延殘喘地繼續卑微的人生，還不如就此了斷。她又去找自殺嚮導，平靜而又痛苦，憎惡卻又不無理解地死去了。

這就是《破壞》的結構之中描繪的死亡實體。經由對這些自發性死亡的讚美，《破壞》富於衝擊性地揭示了被大他者或規範操縱和管理的人特有的存在形式，不僅是個體，而是全體社會成員都不得不過著同義反覆的生活。這正是現代主義之內的存在形式。透過《破壞》提及的自發性死亡和對自發性死亡的讚美，我們再次見識了資本主義的時間的威力，不容許發展，也不容許退步，只能長時間重複相同的狀態。僅僅從這個方面來看，《破壞》也足以成為一部與眾不同的問題小說。

4、對他人的關照和倫理主體化道路

不過，對於自發性死亡的禮讚並非《破壞》的全部內容。除了禮讚抵抗冷漠現代主義的自發性死亡，《破壞》還有別的東西，這就是對於自發性死亡的批判態度。《破壞》

不僅讚美自發性死亡，同時也保留了批判的空間。尤其是小說的後半部分，這種對於自發性死亡的批判態度就越發明顯了。透過小說開場部分對自發性死亡的讚美，不僅小說裡頭，甚至我們整個社會都變成了自發性死亡的盛宴，成功排除了和社會的希望和發展相關的言論，製造出被永恆時間操縱的社會。但是到了後半部分，小說卻開始執著地探討新的問題了。即，遺憾的現實不動聲色地將現代人逼進「自發性死亡」的處境，那麼我們能夠選擇的有意義的出路究竟在哪裡。這麼說並不意味著《破壞》的整體風格不統一，或者存在結構上的缺陷。在《破壞》中，這種中心移動隨著看待物件的視角差異而自然形成。這也是該作品的重要特徵，而與結構的斷裂無關。這種從對破壞性死亡的禮讚到批判態度的自然轉換，反而成為提高《破壞》之破壞力的原因。如果《破壞》從頭到尾都極力讚美「破壞自己的權利」，也許會因為痛徹批判了管理且規範日常生活的社會，而讓人感覺無比痛快，卻有可能覆蓋重要的課題，並且無從探尋突破嚴密監視體制內部的方案。但是，《破壞》並沒有輕易陷入辛辣批判帶來的快感。在機智地闡明這個社會的本質就是全體成員都過著同義反覆的生活之後，《破壞》又從容地探索這個事實帶給人們的不幸和突破不幸的可能性。

雖然《破壞》探索了突破現代主義的可能性，但是我們沒有必要事先設想它是從某個人物、階層、價值觀和人類的特定要素中發現希望，並且大加讚美。《破壞》沒有採用我們熟悉的方式。比如，《破壞》中最後走向自發性死亡的人物是兩名女性。她們之所以決定壓縮自己的人生，是因為她們自認為繼續自己的生命之路，只會成為卑微生命的延續。換言之，她們真正想要的是每天都有變化的人生，也就是穿梭於既存規範內外的豐富人生。《破壞》中的她們確實需要這樣的人生，而且不斷向其他人物傳達自己的需求。但是，C、K和敘事者始終對她們的需求置若罔聞。他們的置若罔聞最終把兩個女人逼迫到絕境。導致她們最後走向自發性死亡的原因，就包括這些人的冷漠。具體地說，他們對女人的迫切心願充耳不聞，或者即便聽見了也不理不睬。《破壞》準確捕捉了他們複雜的內心風景，同時也對他們，以及生活在當今社會的我們，進行了令人毛骨悚然的分析。

前面已經說過，逐漸把朱迪絲和美美推向自發性死亡的人物有三個，C、K和小說敘事者。首先把朱迪絲推向死亡的決定性人物是C和K。最早遇到朱迪絲的人是K。K和計程車司機去酒館唱歌，遇到了內心空虛、按照別人的指示行動和思考的朱迪絲。他對朱迪絲起了憐憫。後來，他一直和朱迪絲保持著關係。每次遇到他，朱迪絲都說當天是自己的生日。每當這時，他就會對朱迪絲產生性欲。僅此而已。K並不關心為什麼朱迪絲每次見到自己都說那天是她的生日，也不想知道朱迪絲真正的生日是哪天。有一天，也就是母親葬禮的第二天，他從朱迪絲身上聞到了哥哥C的香水味道。但是，K並沒有採取任何行動。因為K的哥哥C總是從K那裡搶東西，「大哥這個人啊，什麼東西他都要據為己有。他真是精於此道，對於自己的掠奪行徑毫不臉紅。每次想到大哥，他的腦子裡總是充滿了掠奪的回憶。」（五十一頁）K深受這種潰敗意識的束縛，對C，對朱迪絲都沒有採取任何行動，也沒有表達任何意見。每當發生什麼事的時候，K首先想到的都不是解決問題，而是承受壓力。然後他也並不努力擺脫壓力，而是繼續逃往另外的壓力。關於自己的人生，K打了個比方，三點人生。在他看來，這種狀態不是出發點，而是到達的終點，更是再也無法改變的宿命。因此他從來不為擺脫某種狀態而努力，不管遇到什麼狀況，他從來不去探索適當的對應方案或發展策略。這也是因為他的三點人生。為了保持目前的不滿足和不安穩的穩定性，也就是為了維持現在的自己，不管發生什麼事情，他都逃到壓力中躲避。埋沒於自己製造的壓力，冷眼旁觀的K，最終間接地誘導了朱迪絲的死亡。

更直接地引導朱迪絲走向自發性死亡的人物是K的哥哥，C。母親葬禮那天，朱迪絲和他的弟弟K做愛，第二天便勾引C。C接受了朱迪絲的誘惑，因為她酷似朱迪絲的臉蛋和叼在嘴裡的加倍佳。「喝光咖啡後，她從口袋裡掏出加倍佳，含在了口中。最初幾分鐘，她的全部精力好像都集中在吃棒棒糖上了。她全神貫注地盯著棒棒糖的棒子，幾乎要瞪成鬥雞眼。他很久沒有遇到這麼愛吃糖的女人了。他看不起咀嚼口香糖的女人。

嚼口香糖這事不需要任何想像力。嚼來嚼去，終歸是要回到原來的位置。這時他突然明白過來，原來自己鍾情的正是這種花費很長時間吃糖的女人。」（四十二頁）事實上，這裡面還有另外的原因，那就是C正處於對特定的刺激格外敏感的情緒恐慌狀態，他努力想否定剛剛結束的葬禮這種非日常性的活動。總之，C和弟弟的情人朱迪絲發生了關係。這種關係相當熾烈和不穩定，甚至超越了既有的道德尺度，但是這種關係之內似乎並不存在愛情。當然，這種說法也許只適用於C。朱迪絲已經決定愛上某個人。正在這時，她遇到了強烈渴望自己的C，而且不顧自己是弟弟情人的身分，所以她相信C真的愛上了自己。愛情就是這樣。從某個側面來看，也許不道德或者不合乎規範，然而真的是無可奈何。從那以後，朱迪絲就試圖藉由C擺脫自己的孤獨、頹廢和倦怠。真正的生日那天，她帶C前往自己的故鄉，也就是自己生命的根源。在那裡，朱迪絲那麼渴望C，甚至扔掉了曾經彌補她根本性缺失的加倍佳，然而C的反應卻不像朱迪絲預想的那樣。C承受著被加倍佳戳疼眼睛的痛苦，帶著沉重的罪惡感和弟弟的女人發生了關係，但是他對朱迪絲卻沒有絲毫的感情，只是被她的形象吸引罷了。從沒有加倍佳的朱迪絲身上，C嗅到了母親，也就是女人生命力枯竭的腐爛氣味，「化完了妝，她的身上散發出蘋果的香味。母親入殮之後，屍身也散發著蘋果的味道。蘋果腐爛的時候，卻又散發出濃郁的芳香。」甚至當朱迪絲讓C勒緊自己的脖子，委以生死大權的時候，C也仍然沒能聽到朱迪絲最後的心聲。最後，朱迪絲在大雪中消失了，C產生「這樣辛苦地涉雪而行，尋找那個在母親葬禮上和弟弟做愛的女人，他甚至有些厭惡自己了」的感覺，於是這也在情理之中了。結果，C的絕對冷漠將朱迪絲逼向了死亡。

然而被C逼向死亡的人物不只朱迪絲。柳美美也和朱迪絲一樣，因為C的置之不理而走向死亡之境。從某個角度來看，《破壞》中真正的自殺嚮導也許正是這個C。某一天，C遇到了柳美美，而且從凝視著自己的美美身上感覺到了誘惑。他想拍攝美美的行為藝術，且得到了美美的應允。他的要求讓人感覺非常迫切。但是，柳美美和C的相遇其實是因為她想過一種不同於以往的生活。美美從C的迫切要求中發現了擺脫早已成為日常生活的孤獨的可能性，這種孤獨來自於規範以外的生活方式。因此，見面之後，柳美美不斷向C表達自己的心願。剛開始她要求C在後面抓住自己，就像學習騎自行車時有人在後面抓住她。或者即使不用抓住，只要在後面看著她就行了。她可以想像有人在身後攙扶著自己，獨自站起來。她還要求C不要只透過收錄在攝影機裡的影像看她，還要看看鏡頭之外的本人。但是，C「每當看到此時此刻的美美，他總感覺藏在內心深處的性欲猶如壓抑不住的地雷，正在被人挖掘出來」，所以「這時，他要努力讓自己聚精會神地面對鏡頭」。在這種禁欲主義的冷漠盡頭，他感覺到了「世界和自己，物件和鏡頭，遇到的女人和他自己，他始終無法縮短橫亙其間的河流，卑微的絕望感向他襲來」，然而這種絕望也被自我合理化掩蓋了。「人過三十，愛就變成了一種能力」，儘管這樣，美美還是沒有放棄。面對著收錄了她行為藝術的C的藝術作品，美美展示了最後的行為藝術，最後一次露骨地暗示了自己要選擇自發性死亡。但是，C還是沒有挽留美美，他只是倒來倒去反覆觀看自己拍攝的美美。就這樣，C最終背棄了美美渴望與他人交流的迫切心願。這種冷漠最後導致了另一個人的自發性死亡。為了不讓自己的卑微人生延續，美美只有一個選擇，那就是自發性的死。

最終把朱迪絲和柳美美推向死亡的人是自殺嚮導，也就是小說敘事者。他說，「美美走得很瀟灑。朱迪絲走得很平靜」，其實這是因為他只看到了她們局部的的痛苦和心願。自殺嚮導傾聽無聊的人們說話，充當袒露他們隱藏欲望的分析家角色，但是他沒有在喚起他們的欲望之後，試圖做出判斷。他不強求那些人暴露隱藏在潛意識裡的欲望，也就是死亡衝動，而是把他們想要和別人融洽相處的欲望，或者在規範和現實之間尋找平衡的欲望顛覆為毫無價值的東西。他們本來可以去尋找豐富生命的形式，儘管這個過程可能很辛苦，然而希望的確存在。自殺嚮導並不勸說他們這樣做，而是將他們逼向了死亡。他在他們的屍體前留下悼詞，聲稱他們的死亡是美麗的死亡，人有破壞自己的權利，人在行使這種權利的時候最美麗，所以她們擁有了最美麗的人生。但是，這不過是忽視別人的痛苦和心願，堅持在自我世界的自戀主義者的虛偽意識。

總而言之，《破壞》藉由尋找逼迫柳美美和朱迪絲走向死亡的原因，呈現了對別人漠不關心而以自我為中心的視線和小市民的冷漠。這使得人與人之間無法達成真正的交流，同時也把全體社會成員的生命變成了同義反覆。根據《破壞》的邏輯，不管遇到什麼人，結果都是重複著同樣的狀況。K總是試圖躲藏進壓力，回避與他人的交流。C透過自己塑造的形象觀察對方，得以從每個人身上發現朱迪絲的影子。敘事者則從全體現代人身上讀出了死亡的衝動。這種反覆把他們變得非常危險。他們也會遭遇兩個女人死亡時遇到的信號燈。「為什麼走了那麼遠，還是老樣子呢？人生這東西啊。」

由此看來，《破壞》中的人物就是生活在當今時代的我們的自畫像，包括選擇自發性死亡的人物、逼她們進入這種狀態的自殺嚮導。我們常常虛無地依賴於大他者的規範，單方面地被他人牽引，或者封閉在虛構的幻想體系，拒絕和忽視與他人的溝通，冷靜地生活於世界上。所以，我們既是朱迪絲和柳美美，同時也是C，是K，是自殺嚮導。如果我們繼續這樣在喪失主體的狀態下生活，早晚也會遇到存在於我們身邊的自殺嚮導，也許我們被他們牽引到死亡門檻，還會再回到原處，也許我們就那樣了無痕跡地消失了。

因此，下面的場景就像照搬了此時此刻的我們，令人產生不祥的預感。《破壞》是我們時代的《烏瞰圖》[18]，也是啟示錄。

讀到這部作品的人都會像朱迪絲和美美那樣，生命中至少與我相遇一次，在汽車公園，或者其他幽靜的路口。我會冷不妨上前問你，雖然走了這麼遠，但是什麼都沒有改變，不是嗎？或者，我會問你需不需要休息。這時，你可以拉住我的手，跟我走。就算你沒有勇氣這麼做，也千萬不要回頭。不管多麼痛苦，多麼無聊，都要堅持走自己的路。

（一六六頁）

18 譯注：韓國著名詩人李箱（1910—1937）的詩作，最早在《朝鮮中央日報》連載，因為其超越時代的先鋒性而受到讀者的攻擊，被迫中斷連載。《烏瞰圖》很難把握具體意義，整體上表現了現代人不安、恐懼和混亂感。

【譯者跋】青春突圍

對於一個譯者來說，遇到好作家是值得祝福的事情。因為這時候的翻譯就不僅僅是枯燥無聊的工作，而是變成了隔著語言之河的對話和交流了。多年以前，偶然的機會讀到了金英夏的短篇小說〈你的樹木〉，那是個關於時間的小說。當然了，世界上所有的小說都與時間、尤其與時間的流逝有關。金英夏的不同之處在於他那飛翔般的想像力。正如他在小說中寫的那樣，樹木鑽出了屋子，種子飛上了屋頂。後來我又找出他的代表作〈哥哥回來了〉和〈夾在電梯裡的那個男人怎麼樣了〉，讀完之後更是震驚不已。

韓國文學巨匠黃晳暎先生在談到韓國新文學的時候曾經說過，男有金英夏，女有千雲寧。此言不謬。金英夏的出現堪稱是韓國文壇里程碑式的大事。他最早以反叛的姿態出現在讀者面前，讓習慣了傳統閱讀的讀者大為驚異。金英夏出生於一九六八年，大學專業是與文學風馬牛不相及的企業管理系。一九九六年，二十八歲的金英夏憑藉長篇小說《我有破壞自己的權利》獲得了首屆文學村作家獎，受到文壇和讀者的廣泛關注。此後，金英夏便與韓國各大文學獎結緣，作品更是不斷被翻譯到西方世界。一九九九年，他獲得著名的現代文學獎，二〇〇四年，更在一年之內囊括了怡山文學獎、黃順元文學獎和東仁文學獎。二〇〇七年，又獲得了萬海文學獎。為了讓讀者對金英夏有全面深入的瞭解，我們不妨來看看他的成長軌跡。

愛與死亡是文學的永恆主題，《我有破壞自己的權利》則將這個主題深入深化為性與自殺。在韓國這樣一個遵循儒家規範的國家，性難免也是文學的禁忌，所以很多具有叛逆意識的作家都是開始於對於性禁忌的挑戰。比如河在鳳、蔣正一、馬光洙等人。《我有破壞自己的權利》出版之後，大家普遍認為韓國文壇又誕生了一個名叫金英夏的性愛小說作家。如果簡單地將金英夏歸類為以描寫性愛見長的作家，則難免有失偏頗。這本小說篇幅不長，全書共五章，以賈克—路易．大衛的油畫《馬拉之死》開始，又以德拉克洛瓦的《薩達那帕勒斯之死》結束，最核心的內容是兩起自殺事件。讓人吃驚的是，兩起自殺事件並非源於心理學上的自動結束生命，而是被引導下的自殺行為。這個背後的引導者就是小說敘事者「自殺嚮導」，是他從茫茫人海中尋找自己的「委託人」，或者潛在的「委託人」，逐步引導她們走向自殺之路。

關於這個過程的描述出現在第一、三、五章，敘事者集中流露了自己的哲學觀和價值觀，其中最有震撼力的就是所謂的「壓縮美學」：「不知道壓縮的人是可恥的。無可奈何地延長自己卑微的人生，這樣的人同樣可恥。不懂壓縮美學的人至死也不會知道生活的祕密。」這個觀點可以看作是整個小說的動機，對於遵循這個原則「工作」的敘事者來說，引導自己的「委託人」走上自殺之路也就成了光明正大的事情。巧合的是，這兩個被引導的自殺者都是女性。女權主義者也許會駁斥金英夏對於女人的態度，但是我們透過這個關於小說的小說，也就是後設小說的鏡框部分向裡窺探，不難發現其鏡像部分與鏡框部分的對立統一性。即，引導者與被引導者未嘗不是矛盾的集合體，只不過有人完成了呈現的表演，有人起到了記錄表演內容的作用。追尋朱迪絲和柳美美的死因，我們同樣可以發現，與其說她們死於自身的生存困境，不如說她們死於社會整體對她們的冷漠態度，死於她們的內心傾訴都被有意無意的忽略。小說中符號化的C和K應該是成熟社會的縮影，他們自私而混亂，對於自身之外的現實熟視無睹。如果我們進行更精細的解讀，那麼這裡C和K所指示的方向恐怕就是韓國社會——Korea。於是，金英夏所呈現的死亡表演就是對既成社會的憤怒反抗，用這種毀滅青春的極端方式完成生命的突圍。如果說單從這部短小而模糊的作品中還僅能窺見個影子，那麼到了後來的《猜謎秀》，作家則以反諷取代自我毀滅，繼續將這種反抗和突圍推向了高潮。

《我有破壞自己的權利》中的所有人物都被剝奪了記憶和鄉愁，既沒有希望也沒有任何憧憬，記憶或希望的缺席又讓他們對生活充滿深深的倦怠。也許讀者會認為主人公們感覺不到內在的匱乏和空虛，然而事實並非如此，他們總在逃跑。至於逃跑的方式，他們大致有三種選擇。第一種選擇是奔跑，速度要超過奪走他們的記憶和鄉愁的資本主義，例如小說中關於所謂「子彈計程車」司機的描寫；第二種選擇是性，當然這裡的性不是靈魂的交流形態，更不代表浪漫的愛情，只是填充匱乏的肉體痙攣；第三種選擇是死亡，他們的死是極端的，即在死亡面前既不絕望也不反省，死亡被他們當作證明人類自身的重要途徑，所以他們不想醜陋地死去，渴望死得美麗，也就是追求美學的死或者死的美學。金英夏的「死亡美學」是對韓國文學史的一次策略化的反撥，他抱定決心回避前人的道路，以全新的想像力為自己尋找不同於他人的敘事策略，以便在傳統主題「人是自己永遠的他者」之下發掘出路，也就是尋找文學史的空白，並就地安身立命。

《我有破壞自己的權利》獲得成功之後，金英夏的寫作繼續向前突進。他曾是韓國文壇第一個建立個人網頁並在網路上發表作品的作家，後來因為沉迷寫作而抵觸網路，斷然關閉了自己的主頁，並且放棄使用電子郵件。他的想像力和對於新事物的執著依然不改，因為在短篇小說〈避雷針〉中大量使用生僻的科學詞彙和獨創單詞，被評論家金華榮戲稱為「在詞典裡尋找小說的作家」。二〇〇〇年發表於《現代文學》上的短篇小說〈哥哥回來了〉顯示出金英夏解構傳統命題的傑出才華，既開拓了作家本人的寫作領域，也贏得了評論界的好評，憑藉該篇榮獲二〇〇四年怡山文學獎。這篇小說應該是作家對於韓國文學的重要主題父親之死的回應，該母題分泌於歷史的傷痕，是韓國文學現實中不可回避的課題，對其做出歷史性的回應也是韓國文壇的宿命。在韓國文學中，父親的面孔並不單一，有時是喪失和缺席的符號，有時則是壓抑和否定的代名詞。如果簡單勾勒一下，二十世紀前期是為了挽救消失不在的父親，進行艱苦卓絕而又漫無止境的鬥爭，二十世紀後期則與統治、壓迫的父親進行決鬥，企圖將其擺脫。如果說前面的父親是仰慕和憧憬的對象，那後面的父親則恰恰相反，成為排斥和決裂的對象。從這個意義上說，過去的韓國文學正好乘著「拯救父親」和「殺死父親」的車輪做了一次歷史的迴圈。

金英夏的〈哥哥回來了〉包含了兩個命題：第一，面對這個無能的父親我們該怎麼辦？第二，父親死後我們該怎麼辦？作家正是把自己置身於支離破碎的家庭，捕捉時代的特徵，以最敏銳的感受和意識將「家族的故事」往下延續。與《我有破壞自己的權利》的觀念性不同，〈哥哥回來了〉是一篇徹頭徹尾的世態小說。故事提到了五名主人公：酒鬼父親、動輒對父親拳打腳踢的兒子是一名公司職員、與兒子同居的未成年少女、在綜合辦公大樓施工工地做飯的母親，最後還有個中學一年級的小女孩。小說的全部內容不過是五個人之間的相互辱罵和廝打，卻反映了變化中的韓國社會現實，作家以非正常的家庭為依託，描寫了窮形盡相的人間百態。父親既無能且自私，什麼事情讓人寒心他就幹什麼；母親儘管強悍，承擔起了家庭的生計，然而作為日常生活的俘虜，她也只能做到維持現狀；兒子血氣方剛，卻把身體交付給了衝動和無節制的欲望……雖然不無文學的誇張和藝術的歪曲，然而這些人物在當今韓國社會中還是不難發現的，只是經過了作家的藝術加工和典型化處理。

當然，金英夏並沒有止步於對社會現象和生活細節的語言再現。作品中最吸引人的應該是敘事者對於父親形象的嘲弄和貶斥，這個父親雖生猶死，說得極端些，他甚至連死的必要都沒有了。聯想到從前為「殺死父親」所做的艱苦努力，金英夏筆下的父親形象則在精神上大大地退化了，變得怪模怪樣，不堪一擊。他只是行屍走肉，他的生不過是一樁醜聞，他所能做的也就是喝酒、醜態畢露地遊走於政府和各行政機關之間。如果說從前的父親擁有著進步理念，是社會正義的化身，然而這個父親卻被時代要求退場了。從前那個催生「殺父」衝動的父親壓抑而權威，而在金英夏這裡卻變成了「我們扭曲的父親」。為了慶祝難得的家庭團聚，主人公組織了一次郊遊，在拍照留念的瞬間，這個無能又沒有責任心的父親卻因為喝酒而沒趕上，父親作為父親的意義和作用也就徹底消失了。照片上父親的缺席象徵著現實生活中國家、社會、民族理念的沒落。

父親消失之後的位置誰來取代？母親顯然不能，走進那個位置的只能是父親的兒子，也就是敘事者的哥哥。兒子／哥哥擁有穩定的工作和說得過去的收入，更有從父親手中搶過球棍毆打父親的力氣，因為父親以前經常打他，現在恰恰相反。新的家庭形成了。

它無視父親，甚至把父親排除在家庭之外，反而以哥哥為軸心，組成了一個「擬似家庭」（這種擬似家庭的形式在金英夏之後更年輕的作家，如金愛爛、尹異形等人的筆下也屢見不鮮）。當然，這個新形態的家庭顯得有些淒涼，甚至危機四伏。因為各個成員不但性格迥異，而且無不心懷鬼胎，他們的結合或者是性欲的驅使，或者是經濟的需求，均以滿足個人欲望為指歸。

「哥哥回來了，身邊跟著一個醜陋的女孩子。」從小說中的第一句話就可以看出，這個擬似家庭不過是對既有家庭毫無反省的延續，走的仍是父親時代的家庭曾經走過的老路。「父親死後的世界成了孩子們的遊樂場」，以哥哥歸來為契機的家庭重建註定是失敗的嘗試，這個家庭的每一個成員始終是孤立的，而且他們已經開始夢想著組建「另一個家庭」。〈哥哥回來了〉暴露了家庭的虛偽，揭示了傳統家庭主義的動搖和逐漸解體，並且坦承能夠提供信賴和安定的巢穴尚未準備好，重建家庭的希望仍然渺茫。總之，金英夏的〈哥哥回來了〉技巧非常獨特，意義也很複雜，從更大的範圍來看，作家以家庭的解體象徵了傳統在現代社會中的消亡。此外，也有人將它當成一部政治小說來讀，這也是有跡可尋、無可厚非的，因為優秀的作品總為多角度解讀預先設好了伏筆。

二〇〇四年，金英夏以長篇小說《黑色花》摘取了第三十五屆東仁文學獎的桂冠，由此躋身韓國重要作家的行列。東仁文學獎以韓國已故著名作家金東仁的名字命名，由思想界社於一九五五年設立，每年從發表在全國主要文學期刊上的作品中選出一部頒獎，後來頒獎範圍逐漸擴及長篇領域。一九六七年頒發到第十二屆之後，由於思想界社陷入經營危機，東仁文學獎陷入停頓。經過十二年的漫長空白，一九七九年東西文化社重新復活了東仁文學獎，一九八七年第十八屆之後便轉由朝鮮日報社承辦。東仁文學獎關注創作活躍風頭強健的作家，獎勵引領閱讀潮流、走在韓國當代文學前列的重要作品。《黑色花》是金英夏完成自我蛻變的全新力作，以其自由超拔的想像力揭開了塵封百年的歷史，為當代讀者勾畫了韓國移民史的悲慘畫卷。

故事敘述二十世紀初的韓國社會內憂外患，國家和民族處於伸手不見五指的歷史前夜，喪失了未來和憧憬未來的能力。農民更是水深火熱，在自己的祖國卻找不到任何希望。正在這時，英國公司在韓國募集願意前往新大陸的人，為了尋找可以耕種的土地，為了尋找成功，人們不假思索就踏上了英國人的輪船。一九〇五年四月，英國輪船伊爾福特號運載一〇三三名韓國人駛離濟物浦港，朝著他們心目中的世外桃源墨西哥駛去。這些韓國人中有王室貴胄，有巫師和神父，有沒落貴族，有職業軍人，形形色色，出身各異。在遙遠的旅途中，在擁擠不堪的輪船上，他們逐漸模糊了身分的差異和界線，高尚的貴族為了搶到飯吃也必須放棄了身分和體統，卑賤的貧民再也不用在貴族面前低眉順眼，忍氣吞聲了。到達墨西哥後，他們被賣給農場做了奴隸。儘管與理想有天壤之別，但是如果不在農場勞動，就更不可能回家，所以只能在陌生的環境和殘酷的農場裡經受非人的虐待和奴役。為了爭取權益，他們多次起義，卻始終不能改變命運。四年過去了，他們與農場主的合約期滿，有幾個人因為與當地女子結婚，便決定繼續留在農場，大部分的韓國人都在墨西哥紮下了根基。此時此刻，他們的祖國也發生了巨大的變化，在日本的侵略下，韓國喪失了主權，他們再也不是韓國國民，而是日本國民了。得知這一事實後，他們決定在墨西哥建設一個「新大韓」。後來，墨西哥鄰國瓜地馬拉發生政變，他們接受叛軍的邀請，到瓜地馬拉北部密林地帶與政府軍交戰。雖然也取得過不小的勝利，但在政府軍的大舉反攻下，大部分人都淒慘地戰死了，終於永遠成為沒有祖國的遊魂野鬼。

金英夏透過對民族受難史的藝術昇華，省察了近代以來韓國民族的苦難歷程，作品中充滿了不幸和悲憫、理想和失敗、命運和抗爭，儘管是一場深刻的悲劇，卻沒有淪為感傷主義的產物，賦予主人公以超人意志並寫出了「英雄本色」式的冒險故事。作家採用「現場感」和「陌生化」交錯融合的完美技巧，讓現實生活中的讀者能夠隔著歷史帷幕，看到被埋沒在歲月深處卻依然鮮活的人物，並從歷史人物不服命運、勇於抗爭的行動中窺見自我的影子，進而發現人類進化的祕密。《黑色花》是一曲西西弗斯式的輓歌，卻有著普羅米修斯那樣的雄壯氣魄。金英夏講述的是韓國移民心懷理想，最終卻潰敗於歷史和命運的悲劇，但是我們能夠發現，儘管理想落空，那些人最終仍落實到太陽之下、大地之上。他講的是一個普遍的故事。

二〇〇六年，金英夏出版了長篇小說《光之帝國》，並且藉由這部小說榮獲了二〇〇七年的萬海文學獎。作品題名來自比利時超現實主義畫家雷內・馬格利特的《光之帝國》，甚至原書封面都採用了這幅風格詭異的油畫。油畫《光之帝國》描繪的是路燈照耀著的歐洲別墅，掩映在黑夜的樹木之下，而頂端則是晴朗的天空，白雲萬里，意境遼闊。這裡時空交錯，晝與夜並行不悖，顯然是一個矛盾的世界。

小說《光之帝國》恰到好處地借用了這個意境，講述了一個北朝鮮南遣的間諜接到命令，必須在二十四小時之內返回述職的故事。小說主人公名叫金基榮，原來是平壤外國語大學英文系的大學生，後來被選拔到金日成政治軍事大學特務班（舊為695部隊130聯絡所），接受了為期四年的對韓特務教育。一九八四年，他在二十二歲的時候成為被派往韓國的間諜。金基榮根據黨的命令參加了韓國高考，一九八六年考入延世大學數學系，暗中參加了學生運動。當時，平壤方面試圖改變過去以偽裝海外同胞、職業間諜和本土共產主義者為主的特務培養方式，計畫將接受良好訓練的精英特務派往韓國，參加高考，成為大學新生，與學生運動勢力同時發展壯大。金基榮就是這樣的實驗品。大學畢業之後，金基榮從事電影業，同時履行為南派間諜複製類似「前史」的「郵差」職能。數百名朝鮮南派間諜經由金基榮流向韓國各地。一九九五年，派遣金基榮的北方負責人失寵下野，金基榮也成為被人遺忘的間諜，從此以後過起了平凡小市民的生活。二〇〇五年的某個早晨，正在辦公室上班的金基榮突然接到一封可疑郵件，要求他在一天之內清理全部工作，回歸平壤。他以為自己的紀錄已經被刪除，於是滿心煩惱地徘徊在首爾市的大街小巷，苦苦追蹤郵件的來源。他當然知道，如果不按命令回歸北方，自己必死無疑，而留給自己的時間只有二十四個小時。大學時代遇見的妻子和已經上中學的女兒，二十餘年來苦心經營的全部生活和事業，他必須拋棄這些獨自離開，於是在短時間之內再度遭遇了原以為早已忘卻的過往情景，幼年時代在平壤的不幸生活、對準背叛同事的腦袋開槍的年輕時代記憶，金基榮也被這些回憶追逐著無處躲逃。

金基榮經歷了北朝鮮、一九八〇年代的韓國，以及二十一世紀的韓國社會。他被派往韓國的一九八〇年代，韓國當然也不是二十一世紀的韓國，反而與朝鮮相似。單就當時而言，無論是國家體制、國民的思考方式，還是政治生活、教育環境等領域，南北雙方都沒有本質上的差異。但是到了二十一世紀，這個時期的韓國與一九八〇年代的韓國相比早已變成了「完全不同的國家」。後者已經消失在歷史的長河中了。金基榮所屬的時空是二〇〇五年的首爾，他早已徹底適應了資本主義社會。「肚子突出，胸膛乾癟，胳膊上搖晃著贅肉，他已經變成了再平常不過的韓國中年男人」，「喜歡海尼根啤酒和文・溫德斯的電影」，「星期天上午吃海鮮，星期五晚上在弘益大學門前的酒吧裡喝威士忌」。誰也想像不到他曾經是個間諜，只知道他是大韓民國最平凡的三八六世代，然而他卻接到了回歸北方的命令。這讓他猛然醒悟到自己原來是「特務，而且是宣誓向黨和領袖盡忠的勞動黨員」，同時這道命令也成了某個契機，徹底動搖了他長久陷落其間的疲憊生活。他要回憶，他要「複習」，他要在一天之內反芻全部的人生。嚴格地說，這其實是在告訴他所謂的資本主義只是暫時的「學習」，而不是「既得」的東西。他是永遠的外國人，雖然身在城堡卻無法真正融入的局外人。這就是金基榮的命運，也正是金英夏的動機所在，「這是一個間諜的故事，但是又不能僅僅停留於間諜故事的層面。我要把它寫成普遍的個體的故事」。

沿著金英夏的文學軌跡，我們終於來到了二〇〇七年，這是金英夏登上文壇的第十二個年頭，而他本人也周而復始，完成了自己的探索週期，重新回到自己最為熟悉和擅長的青春文學領域，也就是這部可以看作「後成長小說」的《猜謎秀》。《猜謎秀》在內容上幾乎與當下生活無縫接軌，小說主人公就生活在此時此刻的韓國首都，過著柴米油鹽和沉迷網路的生活。而我們都知道，畫鬼容易畫人難，那麼金英夏又是如何來描述他眼中的現實呢？

小說的主人公李民秀是個私生子，從小沒見過自己的母親，更不知道父親是誰，外祖母扮演著「家長」的角色。李民秀出生於光州民主化運動的一九八〇年，透過彩色電視看著職業棒球賽長大，在對流行歌手徐太志的狂熱痴迷中度過了青春期，他們眼睜睜看著亞洲金融危機爆發，切實地感受了過去享受的經濟成果在瞬間崩潰的悲慘現實，也親眼見證了二〇〇二年世界盃韓國闖進四強。他們在外國看板上看見韓國明星的臉孔，即使在街頭碰見外國人也不會感到害羞。

如今，李民秀們已經將近三十歲了。成長之後，他們面臨著巨大的生存壓力，蟄居在大約一點五坪大的考試院裡，不得不到處打工以維持生計，生活於他們而言毫無光彩。租房子的時候，李民秀寧願不要窗戶，少付租金，也要能上網，因為網路已經是他們生活的重要組成部分。正是透過網路，主人公在看似平淡無奇的現實之外，經歷了意想不到的精神冒險。因為自以為是的同情心，李民秀被自己打工的便利店解雇了，失去了收入的來源，他的生活面臨著巨大的困境。正在這時，一個奇怪的人物李春成出現了，帶領主人公去了個同樣奇怪的「公司」。這個陌生之地就是個封閉的社會，被公司選中的人在這裡專門從事「猜謎」的工作。這個故事簡單而豐富，幽默而辛酸，體現了金英夏成熟的小說風格，難怪讀者驚呼「哥哥回來了！」

從社會學角度來看，《猜謎秀》是當代韓國社會的生動寫照，也是「新遊民小說」的代表作。隨著全球經濟的成長遲滯，嚴重依賴對外貿易的韓國遭遇了發展的瓶頸，內需長期低迷，個人消費不振，信用卡債務問題惡化，失業增加，這些社會問題直接影響到了大學畢業面臨就業的「李民秀們」。他們儘管擁有很高的文憑學歷，但是很難找到理想的工作，不得不徘徊在社會生活的門檻之外。作家借書中角色之口說道：「我們是檀君以來讀最多書、最聰明的世代，不是嗎？能說流利的外語、操控尖端電子製品也像樂高積木一樣得心應手，幾乎所有人都是大學畢業，多益分數也是世界最高水準，就算沒有字幕，也能看得懂好萊塢動作片。打字達到每分鐘三百字，平均身高也很高。至少會彈奏一種樂器，對了，你不是也會彈鋼琴嗎？閱讀量也比我們上一代多太多。我們父母那一代只要精通我剛才說的其中一樣，不，只要跟我們差不多，就可以一輩子不愁吃穿。可是為什麼現在我們都是無業遊民？為什麼大家都變成失業者啊？我們到底做錯了什麼？」

既然現實如此，李民秀們怎麼辦？出於和上代人的對比，也就衍生出了懷疑和叛逆。於是，《我有破壞自己的權利》中若隱若現的主題在這裡被放大了。作為私生子，李民秀的宿命便是獲得「父親」的承認，但是血緣上的父親似乎從來都不存在，「承認」便是永遠不可能揭曉的「謎」，而社會這個「父親」卻想方設法地阻礙他的成長和進步，首先將他逐出了從小居住的房子，再將他趕出賴以維持生活來源的便利店，最後又將他趕出了小得可憐的棲息之地，考試院。「父親」的強大讓人望而卻步，只能以不斷「反問」的方式進行曲折柔性的自嘲式抗爭。這是截然不同於《我有破壞自己的權利》的地方，作家放棄了暴烈的自我毀滅式的反抗，而代之以成熟起來的「反諷」和「幻想」。於是，李民秀便騎著想像的破馬，開始了現代唐吉訶德的歷險。

到了小說的後半部分，作家的想像力發揮到了極致。小說中的「公司」有些類似於波赫士的「烏克巴爾」，「據猜測，這個勇敢的新世界是一個由天文學家、生物學家、工程師、形而上學家、詩人、化學家、代數學家、倫理學家、畫家、地理學家等等組成的祕密社團的產物。其領袖是一個不知名的天才」。「公司」裡充滿了類似於烏克巴爾成員的神祕人物，而其結構也類似於波赫士的《巴別圖書館》，那些主人公的目的無非召開「代表大會」，討論些看似宏大實則無關緊要的問題。當然，這部分除了在結構上近似於波赫士的迷宮哲學，更重要的是它提供了兩個事關主題的幻想方向。

《猜謎秀》裡有個最重要的配角，即從開始便對主人公的生活軌道具有極大影響的「菠蘿麵包爺爺」，他先是拿著一張貌似合理合法、合乎社會規範的借據將主人公趕出了從小居住的房子，然後每到關鍵時刻便出現在主人公面前，進行自以為是卻不受歡迎的心理開導和精神引導，而主人公也在他的引導之下完成了這場伊底帕斯的「弒父」行動。索福克里斯的《伊底帕斯王》中的盲先知提瑞西阿斯預言了伊底帕斯的弒父娶母的結局，菠蘿麵包爺爺卻是在不知道結局的情況下促成了主人公的流亡。「社會上不是有公司和職員？公司裡有總經理、經理，還有主任，可是這裡的『公司』就是我們，我們就是『公司』。從數學上來說明的話，會不會更容易理解一些？『公司』的部分集合也是『公司』」。這個公司沒有普遍意義上的領導者，「家長」遭到策略性的放逐和取消，作家在實驗一種「弒父」之後的家庭模式。不料這個「模擬家庭」同樣糟糕，失去了核心，每個人都在明爭暗鬥，各懷鬼胎，顯然不是理想的家庭。藉由這個象徵，作家諷刺了包括自身在內的既成社會。

如果說這條線索瀰漫著黑色幽默的味道，那麼另一條象徵線索便顯得有些悲壯，也終於有了脈脈的溫情。荷馬史詩《奧德賽》裡的奧德修斯因為觸怒了海神波賽頓而全軍覆沒，找不到回家的航線而在海上漂流了十年。李民秀簡直就是當代的奧德修斯，無可奈何地踏上了自己的流亡之旅。他在「公司」裡受到美杜莎（女神卡呂普索，抑或海妖賽蓮？）的誘惑，結果因此得罪了其他的公司成員，尤其是琉璃甚至拿著片肉刀將他逐出「公司」。值得欣慰的是，奧德修斯回家之後，忠貞的妻子潘妮洛普依然在為他守候。

李民秀逃離公司，返回荒蕪的現實，美麗的女主人公智媛也向他敞開了溫暖的懷抱，這次流亡總算有個值得歸來的理由。

以上簡單提煉出《猜謎秀》的精神譜系，從中可以看出金英夏是個多麼豐富多彩的作家，他的想像力自由自在地穿梭於現實和夢幻之間，深刻而雋永地超越了現實，抵達了現在進行時態的神話的高度。希望讀者能夠從這位被譽為「韓國卡夫卡」的文壇怪傑身上，感受到別致的閱讀之樂。

譯者於北京

二〇〇八年十一月

要麼創作，要麼殺人——金英夏《我有破壞自己的權利》的暴烈與頹廢

石芳瑜（作家）

「在現今這個時代，對於渴望成為神的人來說，他只有兩條路。要麼創作，要麼殺人。」在小說中讀到這句話時，許多創作者恐怕不免一愣，心想金英夏這個傢伙未免太誠實了。他甚至創造了一個「兩者兼具」的角色，以「自殺嚮導」為職業，並且將委託人的故事做為創作題材，讓他們透過他的手獲得新生。

金英夏的「殺人」意圖，其實也是雙面，殺人及自殺。

大學讀企管，卻醉心藝術的他，在二十八歲人生正值徬徨高點時寫下《我有破壞自己的權利》，多少反映他的內心。彼時的他憤世嫉俗，他詛咒社會體系、詛咒國家所做

的任何事，積極擁護對政治冷漠，還有不工作及懶惰的權利，並且嘲笑所有積極參與政治的陣營。如此消極的叛逆或許源自於所學（現實的企管）和所愛（「無用的」藝術）嚴重衝突，而這樣的衝突在他成長的七〇、八〇年代並不意外，因為同樣的情況也出現在台灣（想想我們那一代的父母是多麼熱切地主導孩子學習有用的學科，如醫學、商學和工程）。慾望與興趣被龐大的社會體制所剝奪，彼時的他將這一切的憤怒和怨恨指向國家，甚或父母，一如書中的人物，他們對生活充滿了倦怠，他們選擇逃跑，甚至渴望死亡。金英夏自承當時的自己迷上飆車，曾經在高速公路上企圖追撞一台不停對他按喇叭且試圖超越他的車子，以至於失速撞上分隔島。殺人與自殺企圖終歸失敗後，金英夏寫下了撼動社會的成名作《我有破壞自己的權利》，時間是一九九六年。

閱讀這部作品我們不得不回顧那個時代，即使這部充滿幻想的作品如今讀來仍現代感十足。九〇年代的韓國與台灣同屬「亞洲四小龍」之列，熱錢翻騰，國家社會在一片拚經濟的口號與政策之中。資本主義加上科技起飛將社會與個人推向一個「壓縮時代」，對照現今韓國的成功，確實要歸功於韓國政府對經濟的計畫與扶植，只不過當時反對這些社會功利與國家控制的金英夏，將該時代生命急速壓縮的苦悶經驗，轉換成作品中的「自殺美學」——「不知道壓縮的人是可恥的，無可奈何地延長自己卑微的人生，這樣的人同樣可恥。」並且用性愛、旅行與藝術，為自殺穿上歡愉的外衣。

小說反映了那一代年輕人的痛苦，卻意外預言了一個當時並不存在的行業——「自殺嚮導」，且往後幾年韓國的自殺率也一直居高不下。幻想成為現實，金英夏作品受到的關注也就可想而知。

《我有破壞自己的權利》成功之後，金英夏確實為自己的生命突圍，他最終成為職業小說家，以藝術為工作。但矛盾的是這部作品後續的成功卻須借助資本主義和全球化的運作，一九九八年《我》成功賣出法國版權，將他推向國際作家之林。不過換著角度想，誰說藝術不是門好生意？

然而成功後的金英夏，在「自我生命延長」之後，他的內心思考與角色必然有了劇烈的變動。已成為中年男人的他自陳：「現在，我不會在任何道路上超速駕駛了。」他似乎從小說中自殺嚮導的角色，轉為想正面鼓勵人們釋放囚禁內心的慾望。

在二〇一〇年TED的影片中，他向大眾宣揚：「現在就當個藝術家吧！」他說：我們生來就是藝術家，這從每個小孩身上就可以得到證明。我們胡亂塗鴉、唱歌跳舞，無止盡地玩耍，享受這些藝術時刻且不覺厭倦。我們做這些事並不是為了工作、也不是為了賺錢。他引用法國作家米歇爾·圖尼埃的一句話：「工作違反人性，其證明是它讓我們疲倦。」這聽起來不正是他年輕時擁護不工作的叛逆主張？

而當我們長大了，這些藝術的慾望被封閉或扼殺了。可是即使如此，我們對藝術的渴望不會消失，我們仍想表達自我，這些被壓抑的藝術慾望只是以比較隱晦的方式表現。於是他熱烈疾呼：「現在就當個藝術家吧！」他甚至幽默地說：「藝術惡魔」會以各種理由告訴你不能成為藝術家，你必須要快點逃跑，而且「藝術惡魔」大半以父母的形象出現。中年時能如此談笑風生的金英夏，在年輕時可不是如此，《我有破壞自己的權利》

展現的是暴烈且頹廢的挑釁。而二十世紀末，我們一部分的人確實曾企圖與高壓、現實的「父親」（包括國家與社會）進行決鬥，找尋自我的人生目的。

「藝術是最終的目的，它拯救我們的靈魂，使我們活得快樂。幫助我們表達自我，讓我們不用靠酒精或藥物就能快樂。」金英夏如是說。「弒父」後的他一直以藝術為追求，並且樂此不疲。走過早期對社會的憤怒反抗，如今的他成了藝術的佈道者。而一九六八年出生的金英夏顯然仍處在創作的高峰期。

金英夏的作品讀起來極具時代感與都會感。這部上個世紀末創作的作品即使冷冽、尖銳，但仍透著一股玩世不恭，有如死神輕輕走過，讀起來並非那麼沉重。而這個神會跟你一起喝酒、看展覽、聽音樂以及做愛，並且拉起你的手，微笑地直視你內心崩壞的那一塊，問你：接下來是否往下跳？

優秀的小說家總是能夠精準描繪社會當下的氣息，甚至引領出一種風潮。村上春樹如此，金英夏也如此。

同樣走過青春時的迷惘，村上春樹早期的作品不管是《挪威的森林》、《1973年的彈珠玩具》都帶著一種疏離與飄忽感。但即使作品一樣帶有大量幻想，金英夏對社會的疲憊感卻顯得暴烈也真實許多，包括性愛與死亡的描寫。就算慢慢躺入浴缸，輕輕拿起刀，但鮮血仍迅速地在水裡蔓延開來。

如果拿這部作品和技藝高超的韓江相比，她的《素食者》也如神一般，竟能夠透視精神疾病患者的內心。瑰麗的文字意象、逼真的性愛描寫，都讓讀者喘不過氣來。而金英夏的《我》藉由他者的反照，則帶有更多的自剖，文字讀起來鬆一點、顆粒粗一點，但那樣的「鬆」卻如海綿，留下的空隙，填入個人的經驗與想像，隨意壓擠，便流出許多汁液。讀起來不難，卻也不容易。

許多人說金英夏是「韓國的卡夫卡」。倘若借用他自己在ＴＥＤ裡引用羅蘭．巴特說福婁拜的小說：「福婁拜並不是寫小說，他只是把句子接起來。字句間奇妙的愛，就成為福婁拜小說的本質。」金英夏的小說基本上也是如此。他想表達對這個世界的憤怒與絕望，編造了一個不存在的職業，接著讓這個故事合理化，小說就這樣誕生了。

而小說這件事妙就妙在每一天、每一個國家都有不同的人出來說故事。他們寫出的故事就成為人類的心靈史、全球史。

殺人者的記憶法

天才型殺人犯金炳秀，在連續作案三十年後決定退隱，二十多年來和養女恩熙住在偏僻山村，相依為命。然而隨著年紀增長，他罹患了阿茲海默症。與此同時，村裡有年輕女人接二連三遇害，彷彿有個新的連續殺人犯在此地出沒……

光之帝國

金基榮是來自北韓的間諜，21 歲時被派到南韓臥底，在首爾定居，結婚生女，徹底融入資本主義的社會。某天他突然接到來自平壤的信，要求他在一天之內清理全部工作，回歸祖國。他感到有如晴天霹靂，因為間諜被召回北韓，通常意味著等在前頭的是死刑……

猜謎秀

李民秀雖然擁有高學歷與豐富知識，卻因為出身不好，找不到理想工作。渾渾噩噩度日的他，在陰錯陽差之下加入了「公司」，一個匯聚各方菁英、以參加猜謎秀為業的組織。他在這裡找到歸屬，也被迫參與競爭，必須起而迎戰這世界的規則，努力和自己的命運對弈……

黑色花

1905 年，日俄戰爭正激烈，一艘英國輪船載著 1033 名出身各異的朝鮮人，朝着他們心目中的世外桃源墨西哥駛去，但其實他們是「大陸殖民公司」為了提供墨西哥農場短缺的人力而被賣掉的奴隸。四年過去，他們的合約期滿、得到「解放」，但他們的國家已然滅亡，再沒有地方可以回去……

金英夏作品集　|長篇小說|

我聽見你的聲音

故事以飆車族首領傑伊為核心，讓不同的聲音彼此呼應：罹患失語症的童年玩伴東奎、對傑伊一見鍾情的富家女木蘭、靠援交買食物的翹家少女、送披薩外賣維生的少年等，以及記錄下這些生命痕跡的作者，讓我們看到傑伊的憤怒、東奎的悲哀、孤兒們的暴力，還有在野生世界中流浪的青少年與成年人寂寞而荒涼的生活中，所有的悲傷。

告別

金英夏最人性的科幻故事！

「人」究竟是什麼？「意識」（mind）可以和「軀體」（body）分別與切割嗎？ 17 歲的哲和父親崔振洙博士生活在與世隔絕的「智人麥特斯」高科技園區，他從來不曾與外界接觸，直到有一天，他為了給父親驚喜而偷溜到園區外……從此再也回不了家。

金英夏人間劇場　|短篇小說集|

只有兩個人

7 個關於「失去」的中短篇故事，7 種人生的拋物線

本書的每一篇故事都在描寫「失去了」什麼的人，以及這些人「失去之後過著什麼樣的生活」。這些人不只是外在發生變化，連內在也遭到破壞，小說敘述他們設法求生的每一天，如何填補或承受那份空缺，在世上生存下去。

見

這是一本你可以窺見其小說幕後、一探作家腦迴路的散文集！
本書是金英夏思考日常生活中的所見所感，將之化為文字的26篇記錄。他以敏銳的小說家之眼，分享他對社會和世界的所思所感和疑問，幽默而獨具洞見。

言：生活如此艱難，但我們還有文學與寫作

本書將金英夏的8場演講與23篇訪談稿，重新整理集結成書。他走出創作者的隅室，面對不特定的大眾與讀者，談論年輕世代面對的生活處境、生而為人的最後生存手段、邀請大家喚醒心中的藝術家、分享如何成為作家與創作的點點滴滴，甚至是韓國文學的趨勢觀察……

讀：因為有小說，我們得以自由

韓國國民作家金英夏獻給「小說」的愛情告白！
他在書中分享了其閱讀經典小說的體悟，談論讀小說的危險與樂趣、痛苦與快樂，剖析讀小說的意義，思索小說如何形塑我們的內在。經由他的指引，我們可以在小說的宇宙中探險，找出書和書之間以及我們與小說之間的隱藏連結，畫出自己獨特的閱讀道路與地圖。

懂也沒用的神祕旅行：小說家金英夏旅行的理由

本書是金英夏以旅行為中心，藉由文字來梳理旅行對自己的意義，並從而思考其人生和寫作的作品。他將旅行的所見所聞和關於旅行的所思所想，都融會在這本散文裡，不單可以看到這些年來金英夏在旅行中的領悟和心得，還可以看到小說家寫作的歷程，以及他對創作的想法。

azoth books
漫遊者

建議陳列書區：文學、小說

EF8612 ISBN 978-986-489-938-8 NTD390